三平斋**践悟**录

九思

著

北京出版集团
北京出版社

自　序

　　清言，亦称清词雅言，是一种文学体裁的专称，是一种格言式、随笔式的小品文，盛行于晚明清初。

　　从戊子鼠年开始，到庚子鼠年，我已写了十二年清言，其间先后结集付梓《三平斋夜语》、《人生大格局——三平斋夜语二集》、《人生从容——三平斋夜语三集》、《省思录》、《读书录》。

　　此次付梓《践悟录》，这一集共分"求索"、"良知"、"事功"、"涵养"、"鉴赏"五个部分，共有333段。

　　《读书录》侧重于学，《省思录》侧重于思，《践悟录》侧重于实践和感悟。这三集努力诠释　"学思践悟"。

　　《礼记·学记》云：

　　"玉不琢，不成器；人不学，不知道。"

北宋学者黄晞《聱隅子·生学篇》云：

"生而不知学，与不生同；

学而不知道，与不学同；

知而不能行，与不知同。"

习近平总书记在 2019 年春季学期中央党校（国家行政学院）中青年干部培训班开班式讲话中指出：

"利民之事，丝发必兴；厉民之事，毫发必去。成长为一个好干部，必须在学思践悟中牢记初心使命，始终坚持人民立场，坚持人民主体地位，着力解决好人民最关心最直接最现实的利益问题。"

学长眼力，思融脑力，践靠脚力，悟呈笔力。有此四力，可修心进德矣！

明代王阳明心学的三要素为：心即理、致良知、知行合一。知行合一至今仍是我们践行的圭臬。

《践悟录》就是说通过"求索"，以致"良知"，以成"事功"，以蓄"涵养"，以兹"鉴赏"。

修心、做事、为人、处世要坚持"学、思、践、悟"：

学，发其心，本其正；

思，审其时，乘其势；

践，守其真，务其实；

悟，究其理，知其道。

友人赠我一语"心远嚣尘"。我要以守静养正之心自勉。

是为序。

目　录

求索

003　人生十二辞
004　修己者
005　读书求道
006　学无惰
008　人生之大
009　新三字经
011　勇字诀
013　眼中天地
014　人生箴言
015　教我者
016　立世者
017　千年眼
018　实语最难
019　人生宜思
021　正道修心
022　人生之难
023　人生千万
024　人生三分
025　道法自然
026　知之道
027　静有君

028　扫心地
029　求者之道
030　道贵简
031　诚正
032　学为道
033　为事之道
034　以学向道
035　人生之道
036　先后之道
037　四字诀
038　入世道
039　人生进退
040　学习择师
041　学之道
042　人生妙用
043　君子所处
044　世味
045　真理在兹
046　一德立
048　一语解世
049　作学之功
050　心源未彻
051　成人廿四略

052　学虽乐

053　一心敬

054　人生之立

055　舍之法

056　人生之场

057　勇字诀

060　测浅者

062　求个心

063　明忧患

064　德能勤绩

066　破两字

068　人生之然

070　道念生

071　矢志前行

072　人生世路

073　一理真

074　安重深沉

075　凡成事

076　人生知止

078　静心

079　世路迷尘

080　学道之法

081　心智

082　心路

083　悟有道

084　有与无

085　初心为上

086　大智者

087　正念生

088　为学之道

089　学以聚之

090　悟者常明

良知

093　一字诀

094　平常心

095　处世三勉

096　初心不负

098　戒散诀

099　智之道

100　知止为诚

101　风骨

104　静心在境

106　善者之求

108　内修外用

110　真人面前

112　惧字诀

113　自省之心

115　做人诚

117　不炫诀

118　人之心

119	贵乎知微	148	人心能静
120	君子常态	150	人间事
121	惧者为本	151	不必
123	敬慎不败	152	正心独行
124	镇浮御躁	153	读之诀
125	破字诀	154	脱俗
126	能字诀	155	敬畏之心
127	观世网	156	纷华粉墨
129	运字诀	157	淡泊之真
130	观字诀	158	修心之学
131	祛懒惰	160	冷字诀
132	冷字诀	161	持身正
133	修身	162	一字诀
134	人遇逆境	163	诚敬者
135	世途之人	164	知行要务
136	处处用心	166	养字诀
137	息尘欲	167	修身之道
138	成德为行	168	知不足
139	小字诀	170	两字误
140	善者为智	171	日日省
141	人之心	172	八字诀
142	智与德	173	常思
143	人世冷眼	174	不过诀
145	难字诀	175	人之风度
146	治慵懒散奢		
147	心迹双清		

事功

179	做事之要	205	知行精进
180	处世有方	206	用笔者诚
181	读书之心	208	实践为本
183	取向	209	为政者
184	凡读书	210	交友之道
185	知必行	211	处事之要
186	学与创	212	听与看
187	通世情	213	处世明
188	言有头足	214	守静
189	察己知人	215	守拙
190	处世之道	216	处世之知
191	为政者	217	处生之难
192	知与行	218	以冷视世
194	识人	220	何谓智者
195	做人思惟	221	知之谓
196	入世法	222	智者
197	惜时	223	用心功德
198	人生二言	224	廉与正
199	为人处事	225	不妄言
200	事之君	226	为政四胜
201	专字辨	227	攻大处
202	不混俗	228	处世八要
203	知之髓	229	实践之路
204	做事之明	230	聚字诀
		231	人生之气
		232	贵其言

233	审时者		**涵养**
234	先立志		
235	不妄行	269	读之宜
236	三辨应世	272	读书七美
237	众智所为	274	春夜谈史
239	事成于勉	276	进退难易
240	应人接物	277	君子务本
241	行不求常	278	书好读
243	当大事	279	学者观书
244	处世之道	281	读书之乐
246	处其实	282	四读之养
248	交友之道	283	读书十乐
249	事宜接地	284	心境如水
250	观面人	286	智者之见
251	君子二事	287	学《易》不易
252	学思践悟小议	289	读书钩玄
253	学思践悟再议	290	读书持敬
256	学思践悟三议	291	书有七气
257	立身之骨	292	读书涉世
258	笃志者	293	读之心
260	谨慎者	294	读书天下
262	世道镜鉴	295	处学问
263	精进不息	297	读书所立
264	交友之道	298	读书之言
266	知下情	299	一观一读
		300	言行诗书

301	书贵文眼	330	读万卷
302	日日读	331	书之传
303	得书为足	332	学人读书
304	读天下之书	333	读书五品
305	反听与反思	334	学习之要
306	读书勤字诀	335	学有宗旨
308	读书乐	336	读书之务
309	读书阅世	337	人生学问
310	书有七读	338	读书之法
312	学古训	339	读书好处
313	读书多少	341	心气平易
314	读书者	342	读书三秉
315	今日读书	343	读书应时
316	读书养气	344	读书有疑
317	读书四难	345	人读世间书
318	得书为富	346	处世读书之道
319	读书文眼	347	论学
320	学有浅深	348	书有真知
321	读不尽者	350	读书心得
322	学合理义	351	读会心书
323	夜灯读书		
325	读好书		**赏鉴**
326	虚心切己		
327	人生故事	355	书有文骨
328	读书之法	357	琴棋书画
329	读书精	358	书与画

359	读山水	386	赏者之要
360	人生之意	387	春夏秋冬之景
361	人生之乐	388	人生之意
362	花之声	390	万里行旅
363	品茶之乐	391	为之心
364	品茶之道	392	春夏秋冬
365	一剑霜寒	393	镜花水月
366	琴棋书画之道	394	诗画论
367	笔墨纸砚	396	人生如茶
368	第一课	397	茶有书趣
369	有与无	398	七雅可增一
370	书有真意	399	看雪景
371	书之宜	400	人生雅趣
372	杏花疏雨	401	可惜事
373	展一卷	402	人生之味
374	文之气	403	书酒棋茗
375	平生四愿		
376	书中道		
377	看文字		
378	喜之宜		
380	人生之意		
381	诗之清赏		
382	论品茗		
383	人生之乐		
384	书必择		
385	人生之多		

求　索

人生十二辞

南怀瑾《狂言十二辞》云：

以亦仙亦佛之才，处半鬼半人之世。

治不古不今之学，当谈玄实用之间。

具狭义宿儒之行，入无赖学者之林。

挟王霸纵横之术，居乞士隐沦之位。

誉之则尊如菩萨，毁之则贬为蟊贼。

书空咄咄悲人我，弭劫无方唤奈何。

以或显或隐之才，处时嚣时静之世。

治稽古知今之学，当问道践履之间。

具求真务实之行，入沉潜修身之林。

挟脚踏实地之术，居名符其实之位。

誉之则低调做人，詈之则不动声色。

初心牢牢明正邪，砥砺精进终成悟。

修己者

白居易《策林》云：

修己者，慎于中也。

慄然①如履春冰。

修身者，诚于意也。

修心者，省于悟也。

修道者，正于德也。

修德者，察于微也。

《汉书·高帝纪上》云：

"顺德者昌，逆德者亡。"

修德者谓之智，

正德者谓之仁，

立德者谓之勇，

失德者谓之愚。

---

① 慄然，害怕的样子。

读书求道

曾国藩赠胞弟曾国荃对联云：

千秋邈矣独留我，

百战归来再读书。

一书读罢再悟我，万般幻去已知心。

中国历史上有"两个半"三不朽之人：

一为诸葛亮，一为王阳明，半个为曾国藩。

曾公立德、立功俱佳，唯立言稍逊。

实际上曾公诗文俱佳，又是朴学^①大师，

只是不如阳明先生开创"心学"一脉。

薛瑄^②《读书录》云：

"深以刻薄为戒，每事当从忠厚。"

今以浮浅为戒，读书必求其道。

---

① 朴学，即清代考据学。

② 薛瑄，字德温，号敬轩，明代理学家，河东学派创始人，世称"薛河东"。

学无惰

陈继儒①《岩栖幽事》云：

人无意，意便无穷。

学无惰，惰便无形；

思无怠，怠便无影；

践无懒，懒便无踪；

悟无慢，慢便无迹。

人无意，意便无穷；

人有意，意起波澜。

人有心，心存挂碍；

人无心，心不染尘。

---

① 陈继儒，字仲醇，号眉公，明代文人。书法师法苏轼、米芾，倡导文人画，持南北宗论，擅长墨梅、山水。有《梅花册》《云山卷》等传世，著有《陈眉公全集》《吴葛将军墓碑》《妮古录》等。

魏禧①《日录里言》云：

"于财利见常人，

于患难见豪杰，

于安乐见圣贤。"

于学习见真功，

于觉悟见真伪，

于实践见真知。

---

① 魏禧，字冰叔，号裕斋，明末清初文人，与兄魏祥、弟魏礼并称"三魏"。

人生之大

《晋书·贾充传》云：
大感想，发于寤寐。

大真伪，起于修身；
大考验，检于名利；
大丈夫，验于三不[①]
大手笔，绘于希望；
大艰难，基于奋斗；
人生之大在天下。

[①] 三不：即"富贵不能淫，贫贱不能移，威武不能屈"。

新三字经

王通①《中说》云：

不就利，不违害，

不强交，不苟绝。

不虚伪，不盲从，

不妄言，不偷懒。

刘向②《说苑》云：

"诚无垢，思无辱。"

学无尽，践无虚，

悟无迷；

---

① 王通，字仲淹，道号文中子，隋代思想家。传世作品只留下他的弟子姚义、薛收编辑的《文中子说》。此书提出了"三教合一"的思想，为后世所重视。

② 刘向，字子政，原名更生，汉代经学家。汉成帝时任光禄大夫，改名为"向"，官至中垒校尉。所撰《别录》是我国最早的图书目录。

心无惑，身无怠，
手无伸。
张载①《正蒙》云：
"挤人者，人挤之；
侮人者，人侮之。"
入世者，世警之；
喻世者，世省之。

———————
　　① 张载，字子厚，世称横渠先生，北宋理学创始人之一。著有《正蒙》《横渠易说》《经学理窟》等。

勇字诀

《论语·宪问》云：

仁者不忧，知者不惑，

勇者不惧。

学者不慵，思者不愚，

践者不妄，悟者不昏。

《左传·昭公二十年》云：

"知死不辟，勇也。"

知世不畏，智也。

知人不烦，仁也。

《新五代史·伶官传序》云：

"夫祸患常积于忽微，

而智勇多困于所溺。"

大智常发于危难，

大勇多对于强敌。

大勇者，

遇变而不惊，

遇辱而不怒，

遇险而不避，

遇强而不惧。

眼中天地

吴从先[①]《小窗自纪》云：

人谓胸中自具丘壑，

方可作画。

人谓眼中自有天地，

方可做人。

人谓足下自践山河，

方可处世。

人谓肩上自担重任，

方可履责。

人谓手里自览书卷，

方可品味。

胸中有丘壑，大势也，

眼中有天地，大观也。

---

① 　　吴从先，字宁野，号小窗，明代学者，常与陈继儒等交游。

人生箴言

叶玉屏 [①]《六事箴言》云：

王文成曰：凡处事宜视小如大，

又须视大如小。

视小如大见小心，

视大如小见作用。

凡处世宜视少如多，又须视多如少。

视少如多见反思，

视多如少见俭朴。

凡处人宜视疏为亲，又须视亲为疏。

视疏为亲见涵容，

视亲为疏见谨慎。

① 叶玉屏，清代文人。

教我者

李渔①《闲情偶寄·词曲部》云：

胜我者，我师之，

仍不失为起予之高足；

类我者，我友之，

亦不愧为攻玉之他山。

教我者，我学之，

仍可谓之明心之发微；

启我者，我思之，

亦可称为探幽之蹊径；

益我者，我践之；

仍可谓之山穷之前村；

真我者，我悟之，

亦可称为闻道之彼岸。

---

① 李渔，字谪凡，号笠翁，明末清初戏曲家。著有《闲情偶寄》《笠翁十种曲》，编有《芥子园画传》等。

立世者

申涵光[①]《荆园进语》云：

好胜者必败，恃壮者易疾，

渔利者害多，鹜名者毁至。

弄权者终误，玩世者易折，

慵懒者弊来，散奢者病发。

立世者，

随事省察，随时求道，

随机应变，随心制欲。

---

　　① 申涵光，字孚孟，号鳧盟，明末清初诗人、学者，河朔诗派领袖人物。与殷岳、张盖合称"畿南三才子"。著有《聪山集》《荆园小语》等。

千年眼

祝世禄 ① 《祝子小言》云：

人须张上下千年眼，

方不误百年身。

人须学前后千年史，

方可知一代鉴。

人须思沉浮百变中，

方可懂一生事。

人须践纵横十万里，

方可明一世路。

人须悟虚实三昧处，

方可觉一心真。

---

① 祝世禄，字世功，明万历年间进士。著有《环碧斋》。

实语最难

吴从先《小窗自纪》云：

闻暖语如挟纩，闻冷语如饮冰，

闻重语如负山，闻危语如压卵，

闻温语如佩玉，闻益语如赠金，

口耳之际，倍为亲切。

闻智语如大音，闻贤语如读经，

闻豪语如吞岳，闻慎语如履冰，

闻警语如听钟，闻妙语如点化，

闻诚语如净友，闻悟语如拈花。

涉世之时，寡语为胜；

立身之处，实语最难。

人生宜思

梁维枢^①《玉剑尊闻》云：

量思宽，犯思忍；

劳思先，功思让；

坐思下，行思后；

名思悔，位思卑；

守思终，退思早。

学宜勤，思宜透；

践宜实，悟宜深；

礼宜敬，义宜重；

廉宜守，耻宜警。

---

① 梁维枢，字慎可，号西韩生。崇祯年间，担任内阁撰文中书舍人，工部主事。入清后，担任营缮司郎中、山东按察司佥事、擢武德兵备道。著有《玉剑尊闻》《性谱日笺》《内阁小识》《群玉直誉》等。

洪应明①《菜根谭》云：

"人心一真，便霜可飞，城可摧，金石可贯。"

人生一学，便思可明，践可正，大道可悟。

---

① 洪应明，字自诚，号还初道人，明代学者。著有《菜根谭》《仙佛奇踪》等。

正道修心

田艺蘅 ①《玉笑零音》云：

分人以道谓之神，分人以德谓之圣；

分人以功谓之公，分人以利谓之私。

传人以正谓之学，传人以道谓之思；

传人以修谓之践，传人以心谓之悟。

道德功利，世路所在；

正道修心，大路所向。

---

① 田艺蘅，字子艺，明代学者。著有《大明同文集》《留青日札》《煮泉小品》《老子指玄》等。

人生之难

陈星瑞《集古偶录》云：

难消之味，休多食；难得之物，休多畜；

难偿之恩，休多受；难久之朋，休多友；

难再之时，休多思；难守之财，休多费；

难雪之谤，休多弁；难释之忿，休多较。

难赏之琴，休多聆；难弈之棋，休多下；

难读之书，休多惑；难观之画，休多迷；

难吟之诗，休多叹；难饮之酒，休多斗；

难品之茶，休多尝；难看之花，休多览。

人生之难，知难不难；

去多取精，化繁为简。

人生千万

孟超然①《焚香录》云：

识得境遇中千头万绪，

皆是磨练德性之资，

方免怨天尤人之过。

识得人生中千难万险，

都是砥砺身心之境，

可祛慵懒散奢之误。

识得读书中千山万水，

都是益智广见之路，

可知学思践悟之正。

---

① 孟超然，字朝举，号瓶庵，乾隆年间进士。

人生三分

王佐^①《敬胜堂杂语》云：
人心常带三分忧患，
则事业可成；
人身常带三分疾病，
则性命可保。

学习常带三分勤奋，
则学业可进；
思考常带三分纵横，
则风云可入；
实践常带三分磨练，
则真知可出；
感悟常带三分智慧，
则大道可近。

---

① 王佐，明末文人。

道法自然

吴与弼[①]《康斋日录》云：

男儿须挺然生世间。

学习须悠然于江海；

思考须洒然于风云；

践行须毅然于春秋；

悟道须豁然于空山。

学思践悟，道法自然。

---

① 吴与弼，字子傅，号康斋，明代诗人、理学家，崇仁学派的创立者。主要作品有《日录》。

知之道

魏裔介 [①]《琼琚佩语》：

薛文清云："知道则言自简"。

知经则学自奥，

知史则思自邈，

知子则践自雅，

知集则悟自妙。

《易经·系辞下》论"四知"：

"君子知微知彰，知柔知刚。"

人贵知己知彼，知止知心。

---

① 魏裔介，字石生，号贞庵，清初大臣，顺治三年进士官至吏部尚书、保和殿大学士、太子太傅等职。著有《兼济堂文集》等。

静有君

王纳谏^①《会心言》云：

静有威，躁无威。

德有立，慵无立；

勤有为，懒无为；

合有聚，散无聚；

俭有节，奢无节；

真有信，伪无信；

定有力，乱无力；

沉有蕴，浮无蕴；

谦有益，骄无益；

静有君，躁无君。

---

① 王纳谏，字青蒲，明末学者。万历年间进士，官至雄县知县。著有《史阁纪年》等。

扫心地

屠隆①《娑罗馆清言》云：

扫有扫无，即"扫"字而亦扫；

忘形忘物，并"忘"字而亦忘。

斯能所之双泯，会灵心于绝代。

扫天扫地，心地不扫非扫地；

忘人忘事，名利不忘非忘己。

扫心地则心可净，

忘名利则己可静。

---

① 屠隆，字长卿，号鸿苞居士，明代学者。

求者之道

司马迁云：

求学贵于博，求道贵于要。

求知贵于精，求友贵于淡，
求缘贵于随，求信贵于诚，
求德贵于修，求果贵于因，
求索贵于恒，求智贵于心。

道贵简

胡居仁 ①《居业录》云：

知贵精，行贵果，

学贵博不贵杂，守欲约不欲陋。

道贵简，心贵清，

思贵深不贵浅，践贵行不贵妄，

悟贵觉不贵迷。

胡居仁又言：

"学博而不精，则流于驳杂。"

思深而不省，则流于拘囿。

践行而不力，则流于浮浅。

悟道而不觉，则流于迷茫。

---

① 胡居仁，字叔心，号敬斋，明代理学家，布衣终身。万历中，追谥文敬，从祀文庙，著有《敬斋集》《居业录》等。

诚正

齐学培《见吾随笔》云：

人不能离"造化"二字。

造者，自无而之有；

化者，自有而之无。

心不能离"诚正"二字。

诚者，自内而外之；

正者，内修外用之。

人有造化，大道可行；

心怀诚正，尘嚣可去。

学为道

申涵光《荆园进语》云：

凡事惟适中者可久。

凡书惟内涵者可学，

凡经惟正心者可思，

凡史惟镜鉴者可践，

凡子惟自觉者可悟，

凡集惟比兴者可道。

涵泳书海勤为径，

经史子集学为道。

为事之道

齐学培《见吾随笔》云:

为治之道,

勿以苛察为能, 勿以鲁莽从事,

勿以模棱两可、自示优容,

勿以执拗一偏、自矜果断。

为事之道,

宜以公道为德, 宜以担当为能,

宜以奋勉为勤、自心砥砺,

宜以沉潜为绩、初心为本。

以学向道

魏裔介《琼琚佩语·人品》云：

《弇州笥记》云：

"不学之谓贫，无成之谓贱，

心死之谓夭，失身之谓无后"。

不读之谓愚，无思之谓囿，

不践之谓假，难悟之谓无觉。

陆游《放翁家训》云：

"人生才固有限，

然世人多不能克尽其实。"

人生韶华易逝，

固世人应以学向道。

人生之道

郑瑄①《昨非庵日纂》云：

人大言，我小语；

人多烦，我少记；

人悸怖，我不怒。

淡然无为，神气自满，

此长生之药。

人大意，我小心；人多事，我少误；

人无慎，我有敬；人心浮，我心静；

入世作为，精神自奋，

此人生之道。

---

① 郑瑄，字汉举，明朝崇祯年间进士，官至南明隆武政权工部尚书。

先后之道

陆绍珩 [①]《小窗幽记》云：

先淡后浓，先疏后亲，

先远后近，交友道也。

先古后今，先史后鉴，

先己后人，读书道也。

先做后说，先人后己，

先礼后兵，处世道也。

"先天下之忧而忧，

后天下之乐而乐"。

古贤之言，先后明矣。

[①] 陆绍珩，字湘客，明代文人。著有《醉古堂剑扫》《小窗幽记》。

四字诀

吕坤①《呻吟语》云：

"明白简易"，

此四字可行之终身。

役心机，扰事端，

是自投剧网也。

大道至简，

此四字可行之人生。

息心计，了事端，

是不陷世网也。

襟怀坦诚，

此四字可行之处世。

藐心术，涤心虑，

是不落尘网也。

---

① 吕坤，字叔简，号新吾，明代学者，主要作品有《实政录》《呻吟语》等。

入世道

何伟然[①]《呕丝》云：

观世态之极幻，则浮云转有常情；

咀世味之极空，则流水转多浓旨。

察世网之极缚，则空山转为尘嚣；

知世路之极曲，则幽谷转为闹市。

破世态之幻，则学之识；

嚼世味之空，则思之明；

解世网之缚，则践之实；

踏世路之曲，则悟之透。

[①] 何伟然，字仙腥，明代文人。编有《快书》《广快书》《四六霞肆》等。

人生进退

郎瑛[①]《七修类稿》云：

贵莫贵于为圣贤，富莫富于蓄道德，

贫莫贫于未闻道，贱莫贱于不知耻。

士能弘道曰达，士不安分曰穷，

得志一时曰天，流芳百世曰寿。

进莫进于为修学，退莫退于祛私心，

高莫高于已知心，下莫下于不知止。

君能知己为明，君不知彼为迷，

锐志一世为诚，不忘初心为本。

---

① 郎瑛，字仁宝，明代学者。著有《书史衮钺》《萃忠录》《七修类稿》等。

学习择师

吕坤《呻吟语》云：

治病要择良医，

安民要择良吏。

良吏不患无人，

在选择有法而激劝有道耳。

学习要择良师，实践要择正路。

正路不忧纷扰，

在初心有本而拒腐有道矣。

择良医治未病，择良吏安百姓，

择良师学有道，择正路须定力。

学之道

吕坤《呻吟语》云：

凡战之道，

贪生者死，忘死者生，

狃胜者败，耻败者胜。

凡学之道，

迷惘者死，求知者生，

妄行者败，力践者胜。

战之道，舍生忘死；

学之道，善思明悟。

人生妙用

屠隆《娑罗馆清言》云：

雨过天晴，会妙用之无碍；

鸟来云去，得自性之真如。

波谲云诡，知世事之变幻；

风生水起，得机遇之先声；

电闪雷鸣，防暴雨之袭扰；

瓜熟蒂落，循自然之规律。

人生机遇在于搏，

人生妙用在于智。

君子所处

洪应明《菜根谭》云：

君子处患难而不忧，当宴游而惕虑；

遇权豪而不惧，对茕独而惊心。

君子处险阻而不惧，当祸福而不避；

遇机遇而拼搏，对放纵而警心。

孟子曰：

"士，穷不失义，达不离道。"

今人谓：

学不失思，践不离悟，

可闻道矣。

世味

吴从先《小窗清纪》云：

世味非不浓艳，可以淡然处之；

独天下之伟人与奇物幸一目之，

自不觉魄动心惊。

世路非不艰险，可以锐意进之；

看天下之匹夫与勇者逐一行之，

自不禁涤祛尘氛。

破名韁利锁之拘执，

识人生宦游之真味。

真理在兹

田艺蘅《玉笑零音》云：

若纲在网，掣绳者君；

如锥处囊，脱颖者人。

若学在经，知己者强；

若思在史，知鉴者明；

若践在路，知闯者胜；

若悟在道，知心者觉。

学思在经史，正念在心；

践悟在道路，真理在兹。

一德立

申居郧 ① 《西岩赘语》云：

一枝动则万叶不宁，

一心散则万虑皆妄。

一言善则万思不邪，

一身怠则万念俱灰。

牵一发而动全身，

祛一妄而静万虑。

归庄 ② 《赠小儿医王君序》云：

"百围之木，始于勾萌；

---

① 申居郧，字任之，清代学者。

② 归庄，字尔礼，号恒轩，明末清初书画家、学者。归有光曾孙，与顾炎武交游，有"归奇顾怪"之称，顺治二年在昆山起兵抗清，事败亡命。作品集有《归玄恭文钞》《归玄恭遗著》等。

万里之途，起于跬步。"

一步行，则万里不遥；

"一德立，而百善从之"。①

---

① 程颐语。

一语解世

华淑①《题闲情小品序》云：

然而庄语足以警世，旷语足以空世，

寓言足以玩世，淡言足以醒世。

一语解世：

睿语足以察世，贤语足以济世，智语足以识世，

豪语足以振世，直语足以鉴世，妙语足以应世，

实语足以践世，诚语足以省世，悟语足以觉世。

---

① 华淑，字时彦，号泉坡，明代诗人。著有《泉坡集》，流传甚少，诗作收入《石仓历代诗选》《江西诗征》等。

作学之功

魏象枢[①]《庸言》云：

见人而不见己，能言而不能行，

是学者之大病根。

拔去此根，作圣之功备矣。

见事而不见人，能行而不能知，

此察世之大缺失。

纠正此失，入世之功立矣。

见表而不见本，能浅而不能深，

此修学之大问题。

勘破此题，作学之功立矣。

---

① 魏象枢，字环极，号庸斋，明末进士，入清官至左都御史、刑部尚书，有《寒松堂全集》九卷存世。

心源未彻

徐学谟①《归有园麈谈》云：

心源未彻，纵博综群籍，徒号书橱；

根气不清，虽诵说三乘，只如木偶。

学习未通，纵博览群书，

仅知皮毛；

思考未深，虽出口成章，

仅属模仿；

践行未久，纵泥淖留痕，

未竟全功；

悟道未觉，虽暮鼓晨钟，

终难大彻。

---

① 徐学谟，字叔明，号太室山人。嘉靖二十九年进士，官至礼部尚书。著有《世庙识馀录》《万历湖广总志》等。

成人廿四略

吕坤《呻吟语》云：

从容而不后事，急遽而不失容，脱略而不疏忽，
简静而不凉薄，真率而不鄙俚，温润而不脂韦，
光明而不浅薄，沉静而不阴险，严毅而不苛刻，
周匝而不烦碎，权变而不谲诈，精明而不猜察，
亦可以为成人矣。

通达而不随意，理智而不拘泥，广识而不寡见，
敬畏而不胆怯，坦诚而不虚伪，严肃而不蛮横，
担当而不退缩，细致而不琐屑，简单而不粗疏，
廉洁而不繁苛，勤学而不倦怠，力践而不浅尝。
方可谓之成人矣。

学虽乐

王廷相^①《慎言》云：

事虽易，而以难处之，

未有不治之变；

患虽远，而以近处之，

未有不及之谋。

学虽乐，而以苦处之，

未有不通之理；

思虽泛，而以深处之，

未有不明之论；

践虽遥，而以进处之，

未有不达之道；

悟虽难，而以心处之，

未有不觉之路。

---

① 王廷相，字子衡，号浚川，明代诗人，被称为"明代前七子"之一。

一心敬

屠隆《续婆罗馆清言》云：

居处必先精勤，乃能闲暇；

凡事务求停妥，然后逍遥。

平时只自悠然，遇境未免扰乱。

读书必先心敬，才能精进；

处世务求谨慎，然后躬行。

无事只管爽然，有难不免忙乱。

刘向《说苑·敬慎》云：

"存亡祸福，其要在身。"

一心敬则百事化吉，

一身慎则诸事必成。

人生之立

李时珍《本草纲目》云：

人身不过表里，

气血不过虚实。

人气而分正邪，气象而分阴晴。

人事而分远近，气骨而分高下。

归庄《答顾诗》云：

"人生何必同？要在有所立。"

立德则修身不辍，

立志则奋斗不止，

立身则清廉不妄，

立言则言行不悖。

舍之法

齐学培《见吾随笔》云：

舍伦常，无品行；舍经史，无文章；

舍气节，无功名；舍心性，无学问。

舍烦嚣，有清静；舍繁冗，有简洁；

舍纷华，有德存；舍累赘，有心境。

有舍才有得，有弃才有取。

舍之法，在于减；

终归大道至简。

人生之场

沈捷 [①]《增订心相百二十善》云：

人生虽是戏场，

须妆一脚正生，

不贻后人非笑。

人生即是考场，

须经一心通揽，方可把握全局。

人生即是学场，

须经一世坚持，方可登攀向上。

人生即是战场，

须经一番拼搏，方可危中取胜。

人生即是道场，

须经一生求索，方可觉悟闻道。

———————

　　① 　沈捷，字大匡，明末清初人。据涨潮记载，《心相百二十善》作者不详，由沈捷增订而成。

勇字诀

《礼记·中庸》云：

好学近乎知，

力行近乎仁，

知耻近乎勇。

善思近乎慎，明悟近乎道。

"仁者必有勇"①。

朱熹《孟子集注》云：

"小勇，血气所为；

大勇，义理所发。"

小勇者，血气方刚所为者小；

大勇者，真理大义所为者大。

---

① 语出《论语·宪问》。

许慎《说文》云：

"勇，气也。"

战以气为勇，

文以气为主，

人以气为正。

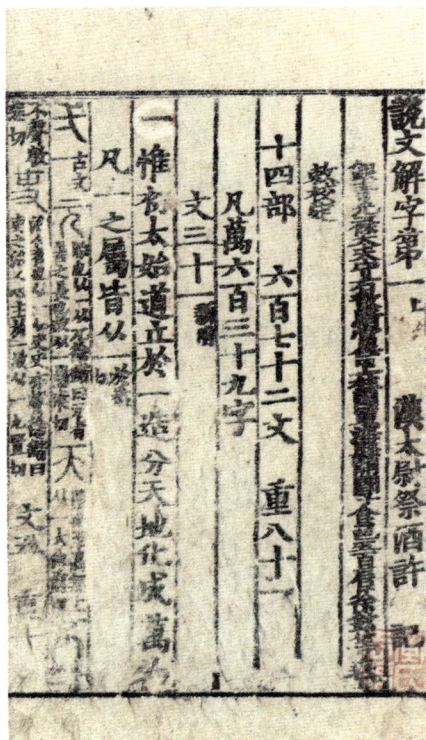

《说文解字》卷一卷端

测浅者

张居正《翰林院读书说》云：

测浅者不可以图深，见小者不可以虑大。

目短者不可以谋长，见近者不可以致远。

行怯者不可以言勇，见繁者不可以化简。

《荀子·修身》云：

"道虽迩，不行不至；

事虽小，不为不成。"

路远行则至，事繁化则简。

人扰定则静，世染清则明。

荀子卷第一

登仕郎守大理評事楊倞注

勸學篇第一

君子曰：學不可以已。青取之於藍而青於藍，冰水爲之而寒於水。^{以輮學則乎過其本性也}木直中繩，輮以爲輪，其曲中規，雖有槁暴不復挺者，^{輮屈撓枯暴乾挺直也　晏子春秋作不復贏矣}輮使之然也。故木受繩則直，金就礪則利，君子博學而日參省乎己，則

《荀子》卷一卷端

求个心

王永彬^①《围炉夜话》云：

求个良心管我，

留些余地处人。

求个正心处世，留些良知做人。

求个真心处众，留些坦诚交友。

求个清心处己，留些慎独立德。

求个明心处事，留些糊涂吃亏。

王通《中说》云：

"君子之学进于道，小人之学进于利。"

求个心，明于道；

求个学，闻于道。

---

① 王永彬，字宜山，清代学者。著有《围炉夜话》。

明忧患

徐学谟《归有园麈谈》云：

当得意时，须寻一条退路，

然后不死于安乐；

当失意时，须寻一条出路，

然后可生于忧患。

孟子云："生于忧患，死于安乐。"

得意寻退路，失意寻出路，

可谓忧患意识。

苏东坡《石苍舒醉墨堂》云：

"人生识字忧患始。"

人生始终是忧患，

知忧患，进可攻，退可守；

明忧患，可观世，可入世。

德能勤绩

苏轼《上神宗皇帝书》云：

人之寿夭在元气，国之长短在风俗。

书之优劣在识见，德之高下在公私，

能之大小在积淀，勤之多少在付出。

绩之成败在坚韧。

刘昼 ① 《刘子》云：

"智者见利而思难，暗者见利而忘患。"

德者见困而思修，能者见困而破难。

———————

① 刘昼，字孔昭，北齐文人。著有《高才不遇传》《金厢譬言》《妄瑕》等。

註東坡先生詩卷第十一目錄

詩六十六首　起守高密　盡歸京師

和文與可洋川園池三十首

湖橋　竹塢　書軒　橫湖　氷池

篆嶼　天漢臺　二樂榭　荻浦　望雲樓　待月臺

坐雲樓　溪光亭

披錦亭　霜筠亭　無言亭　露香亭

吏隱亭

涵虛亭　過谿亭

茶麋洞　此君庵

若芬谷　菌蕈谷

《注东坡先生诗》卷十一卷端（现存卷首）

破两字

陈星瑞《集古偶录》云：

世人只缘认得"我"字太真，

故多种种嗜好，种种烦恼。

陶渊明云：

"不复知有我，安知物为贵？"

真破的之言也。

时人只因认得"私"字太重，

故多种种浮躁，种种迷失。

于谦《无题》诗云：

"名节重泰山，利欲轻鸿毛。"

真清心之言也。

知我忘我才能破妄，

先公后私才能祛迷。

陶淵明集卷第一

詩九首 四言

停雲一首 并序

停雲思親友也罇湛新醪園列初榮願言

不一作從歎息一作想彌襟

靄靄停雲濛濛時雨八表同昏平路伊阻

靜寄東軒春醪獨撫良朋悠邈搔首延佇

停雲靄靄時雨濛濛八表同昏平陸成江

有酒有酒閒飲東牕願言懷人一作舟車

靡從東園之樹枝條一作載榮競用新好

《陶淵明集》卷一卷端

人生之然

田颖《玉山常文集·海云楼记》云：

人当既静之时，

每思及前此所经履之惊涛骇浪，

未尝不惕然。

人当既顺之时，

每思及前此所遭遇之千山万水，

未尝不省然。

人当既逆之时，

每思及前此所牵缠之千人万面，

未尝不昭然。

人当既沉之时，

每思及前此所闻听之千言万语，

未尝不恍然。

人当既浮之时，

每思及前此所历炼之千难万险，

未尝不豁然。

道念生

叶玉屏《六事箴言》云：

高忠宪曰：恶念易除，杂念难除。

邪念易生，正念难立。

妄念易出，明念难悟。

《中庸·十三》：

"子曰：道不远人。"

学道、思道、践道、悟道，

道念生，正念立。

矢志前行

陆绍珩《小窗幽记》云：
云晴霭嶙，石楚流滋，
狂飙忽卷，珠雨淋漓。
黄昏孤灯明灭，山房清旷，
意自悠然。
夜半松涛惊飓，蕉园鸣琅，
窾坎之声，疏密间发，
愁乐交集，足写幽怀。

春花成梦，夏风成幻，
秋月成诗，冬雪成境，
清晨世尘尚寂，涤襟洗心，
我自怡然。
世间烟雨萧索，荆榛塞途，
忧乐之心，矢志前行。

人生世路

申居郧《西岩赘语》云：
人生衰俗，如涉大海，
无时不在风浪中。
虽戒慎恐惧，不敢少忽。
然安危，天也，
亦不可无坦荡自舒之怀。

人生世路，万丈红尘，
无时不在纷扰中。
虽寡欲清襟，不敢稍染。
然正邪，道也。
自不可无初心不改之志。
克己制欲，做人之本。

一理真

屠隆《娑罗馆清言》云：

世法须从身试，大道不在口谭；

暇日清言有味，恐于实际无当。

猝然遇境不挠，此是学问得力。

世味须经身历，闻道不在浅尝；

平时积淀不足，用时招架匆忙。

能应变局之危，正是学力功强。

孟郊《古意赠梁肃补阙》云：

"不有百炼火，孰知寸金精。"

未历千般苦，岂知一理真。

安重深沉

洪应明《菜根谭》云：

老来疾病都是壮时招得；

衰时罪孽都是盛时作的。

故持盈履满，君子尤兢兢焉。

少年坎坷正是振励之意，

青年奋志正是勇沉之意，

中年负重正是安养之意，

老年守静正是智深之意。

故"安重深沉是第一美质"[①]，

人生尤重矣。

---

① 吕坤语。

凡成事

吕坤《呻吟语》云：

凡祸患，以安乐生，以忧勤免；

以奢肆生，以谨约免；

以觖望生，以知足免；

以多事生，以慎动免。

凡成事，以忠诚成，以虚伪败；

以干净成，以贪腐败；

以担当成，以懒散败；

以初心成，以惑心败；

以信仰成，以庸俗败；

以大道成，以歧路败。

人生知止

晏殊^①《解厄鉴》云：

仁者不逐其名，仁贵焉；

明者不恋其位，明弃焉；

勇者不争其锋，勇敛焉。

义者不炫其道，义尊焉；

礼者不显其守，礼行焉；

智者不露其芒，智潜焉；

信者不言其实，信立焉。

林逋^②《省心录》云：

---

① 晏殊，字同叔，北宋政治家。以词著于文坛，尤擅小令，风格含蓄婉丽，与其子晏几道并称为"大晏"和"小晏"，与欧阳修并称"晏欧"。存世有《珠玉词》《晏元献遗文》等。

② 林逋，字君复，北宋诗人。林逋隐居西湖孤山，终生不仕不娶，唯喜植梅养鹤，人称"梅妻鹤子"。宋仁宗赐谥"和靖先生"。

"德有余而为不足者，谦；
财有余而为不足者，鄙。"
修德知不足，
人生要知止。

静心

曾国藩《求缺斋日记》云：

自修之道，莫难于养心。

心既知有善，知有恶，

而不能实用其力，

以为善而去恶，则谓之自欺。

入世之道，莫难于静心。

心既知有悟，知有迷，

而不能苦其心志，

以为悟即祛迷，则谓之自误。

与其坐而论道，

不如静而自修。

天下纷乱何人晓？

惟有静者明其心！

世路迷尘

吴从先《小窗自纪》云：

呜呼！世情尽如此也。

作甚么假，认甚么真，甚么来由，

作腔作套，为天下笑。

看破了都是扯淡。

大哉！世路尽迷尘也。

要辨得假，要认得真，知其来由，

抛弃假面，为世上贵。

看透了都是真味。

知矣！世间尽嚣杂也。

要立得定，要分得明，察其来由，

晓其脉络，为世上重。

看清了都是烟云。

学道之法

屠隆《娑罗馆清言》云：

故学道之法无多，

只在一心不乱。

故思道之法无浅，只在一心向静。

故践道之法无虚，只在一心向振。

故悟道之法无晦，只在一心向简。

薛瑄《薛子道论》云：

"一念之非即遏之，一动之妄即改之。"

一学之法即扬之，一思之法即广之，

一践之法即为之，一悟之法即善之。

心智

苏濬[1]《鸡鸣偶记》云：

有歆艳之心，便有怨怼之心。

有迫促心，便有厌弃心。

无歆艳便无怨怼矣，

无迫促便无厌弃矣。

有明察之智，便有巧诈之智。

有清静智，便有浮躁智。

无明察便无巧诈矣，

无清静便无浮躁矣。

心者，心清为贵，"心战为上"；

智者，明智为尊，若愚为大。

---

[1]　苏濬，字君禹，号紫溪，明代学者。著有《易经儿说》《四书儿说》《韦编微言》等。

心路

曾国藩《曾国藩书信》云：

心有所专宗，而博观他涂，

以扩其识，亦无不可；

无所专宗，而见异思迁，

此眩彼夺，则大不可。

路有所选择，而荆棘塞途，

以苦其践，未尝不可；

未曾选择，而幻想坦途，

惧险畏难，则大不可。

心有专宗扩其识，

路有选择苦其践。

心路，为人之本，识之律，

理之境，世之道。

悟有道

《易经·家人卦》云：
君子以言有物而行有恒。

君子以学有师，而思有心，
以践有度，而悟有道。
学之难，不在勤，而在自知。
思之难，不在深，而在自明。
践之难，不在远，而在自持。
悟之难，不在苦，而在自觉。

有与无

刘一明①《周易阐真·图书合一》云：

无为以修内，有为以修外，

修内者性也，修外者命也。

敢为以修气，作为以修骨，

修气者道也，修骨者德也。

无心以修慧，有心以修智，

修慧者才也，修智者识也。

老子《道德经》云：

"有无相生，难易相成。"

有"有"必有"无"，有"难"必有"易"；

无修必无成，有修必有成。

_____

① 刘一明，号悟元子，清代著名道士，全真道龙门派第十一代宗师。著有《道德经会要》《修真九要》等。

初心为上

苏轼《武昌九曲亭记》云：

天下之乐无穷，而以适意为悦。

天下之书无尽，而以博观为佳。

眼下之事无尽，而以诚意为胜。

时下之弊无尽，而以律己为规。

脚下之路无尽，而以初心为上。

大智者

吕坤《呻吟语》云：

避其来锐，击其惰归，

此之谓大智，大智者不敢常在我。

击其来锐，避其惰归，

此之谓神武，神武者心服常在人。

大智者可以常战，神武者无俟再战。

振其朝气，祛其暮气，

此之谓担当，担当者希冀常在身。

葆其静气，弃其俗气，

此之谓真境，真境者诚敬常在心。

担当者可以成事，

真境者可以立世。

正念生

王通《止学》云：

名不正而谤兴，正名者必自屈焉。

惑不解而恨重，释疑者固自罪焉。

私念不生，仇怨无结焉。

心不正而欲起，正心者必窒欲。

学不精而驳杂，精学者必究理。

思不深而浮浅，深思者必祛疑。

践不实而易跌，实践者必笃志。

悟不透而迷失，透悟者必明道。

正念一生，疑妄尽释矣。

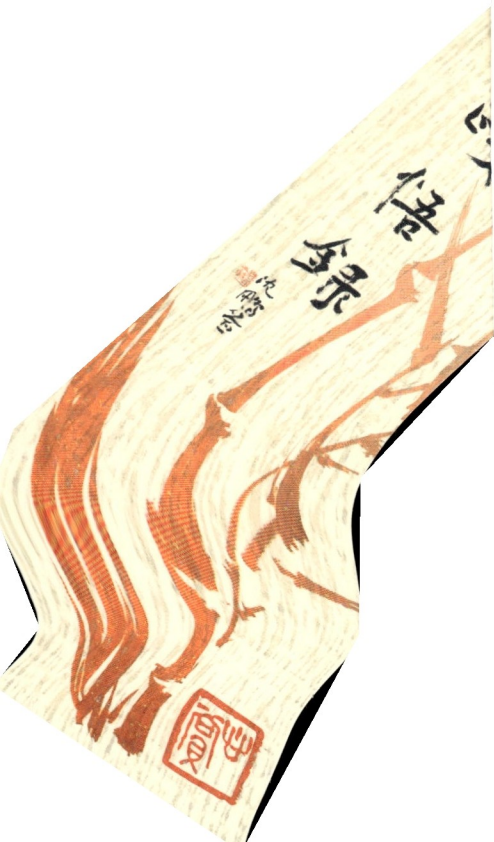

为学之道

朱熹《行宫便殿奏札》云：

为学之道，莫先于穷理；

穷理之要，必在于读书。

读书之道，莫先于明理；

明理之要，必在于践行。

处世之道，莫先于自谦；

自谦之要，必在于省心。

处众之道，莫先于包容；

包容之要，必在于克己

学以聚之

荀子《效儒篇》云：

不闻不若闻之，闻之不若见之，

见之不若知之，知之不若行之。

不学而要学之，学之而要思之，

思之而要践之，践之而要悟之。

《易·文言传》云：

"君子学以聚之，问以辩之，

宽以居之，仁以行之。"

治学注重积累，问难辨明是非，

居身在于胸襟，正心付诸实践。

悟者常明

荀子《劝学》云：

见善，修然必以自存也；

见不善，愀然必以自省也。

见难，决然必以自破也；

见不难，澄然必以自励也。

见险，断然必以自克也；

见不险，悟然必以自知也。

《修身》又云：

"先义而后利者荣，先利而后义者辱。

荣者常通，辱者常穷。"

先知而后行者觉，先行而后知者悟。

觉者常彻，悟者常明。

良　　知

一字诀

袁准[1]《袁子正论》云：

一公则万事通，一私则万事闭。

一正则万事明，一邪则万事晦。

一勤则万事行，一懒则万事误。

一廉则万事简，一贪则万事繁。

一聚则万事振，一散则万事乱。

一俭则万事省，一奢则万事费。

一诚则万事顺，一伪则万事逆。

薛瑄《薛子道论》云：

"一字不可轻与人，一言不可轻许人。"

人生要重一字一言一行，

一心知万事，一行知世人。

---

[1]　袁准，字孝尼，魏国袁涣之子。仕魏未详，晋武帝泰始中，官至给事中。有《袁子正论》十九卷。

平常心

《新唐书·陈子昂传》云：

廉者憎贪，信者疾伪。

敬者修心，慎者畏规；

勤者立业，俭者持家；

诚者取信，正者率众；

智者自知，强者自胜。

王通《中说》云：

"廉者常乐无求，贪者常忧不足。"

人生自知、自省、自信、自强，

活得明白，知足常乐，

关键在于平常心。

处世三勉

颜元 ① 在《习斋记余》中提出

"读书三勉"：

一曰舍末务本，

二曰敛华就实，

三曰去假求真。

做人三勉：

一曰诚意正心，二曰怀素抱朴，

三曰砥节励行。

做事三勉：

一曰敬始善终，二曰求真务实，

三曰谨言慎行。

做友三勉：

一曰直言规过，二曰诚信包容，

三曰博闻广识。

---

① 颜元，字浑然，号习斋，明末清初思想家，颜李学派创始人。
主要著述为《四存编》《习斋记余》。

初心不负

张集馨①《道咸宦海见闻录》自撰联云：

读圣贤书，初心不负；

用黄老术，唾面自干。

《见闻录》写尽：

政以贿成的腐败制度，

寡廉鲜耻的官场宵小，

内忧外患的政治变局……

道、咸、同三朝大员张集馨的仕途悲凉。

读古人书，知其不易；

用观心法，明此自慎。

陆绍珩《小窗幽记》云：

---

① 张集馨，字椒云，别号时晴斋主，1829年中进士后，在翰林院供职。著有《道咸宦海见闻录》。

"一段世情，全凭冷眼觑破；

几番幽趣，半从热肠换来。"

一冷一热，初心不改；

一言一行，一心慎事。

戒散诀

曾国藩《曾国藩家书》云：
百种弊病，皆从懒生。
懒则弛缓，弛缓则治人不严，
而趣功不敏，一处迟则百处懈也。

心无定力，多由散生。
散则杂乱，杂乱则目标不定，
而怠惰丛生，一处散则百处误也。
精神集中，事事都有成效；
身心散漫，处处皆成危途。
陆绍珩《小窗幽记》云：
"以省去累，累消；
以逆炼心，心定。"
以慎治妄，妄去；
以定戒散，散除。

智之道

刘向《说苑·建本》云：

讯问者，智之本；

思虑者，智之道也。

学习者，智之初；

践履者，智之路；

悟道者，智之心。

学思践悟，道路初心。

《佛说无量寿经》云：

"慧眼见真，能度彼岸。"

初心识路，能行正道。

知止为诚

魏禧《日录里言》云：
读古人书，与贤人交游，
最不可苟为同，又不可苟为异。
二者之失，总是胸无定力，
学问中便有时势趋附，
非谄即矫耳。

读天下书，与朋友交往，
既不可言无益，又不可行有妄。
言行之失，多在磨炼不够；
世路中常有浊尘袭扰，
非误即错矣。
心为利诱，知止为诚；
身被名牵，知道为上。

风骨

刘勰^①《文心雕龙·风骨第二十八》云：

恓恍述情，必始乎风；

沉吟铺辞，莫先于骨。

结言端直，则文骨成焉；

意气骏爽，则文风清焉。

风骨，挺健雄强，凛然刚正，振起人心。

张怀瓘^②《书议》称赞风骨之作：

"似入庙见神，如窥谷无底，

俯猛兽之牙爪，逼利剑之锋芒，

肃然巍然。"

---

① 刘勰，字彦和，南朝梁代人，所著《文心雕龙》是一部"体大思精"的理论专著。

② 张怀瓘，唐代书法家。著有《书议》《书断》《书估》《画断》《评书药石论》《六体书论》《论用笔十法》等，为书学理论重要著作。

周星莲[①]《临池管见》认为：

"笔有主宰"，"风骨自然遒劲"。

刘熙载[②]《艺概·书概》亦称：

"书之要，统于骨气二字。"

风骨之美，用骨为体，后尽精神。

风骨之力，风神超迈，骨力遒劲。

李白诗云：

"蓬莱文章建安骨"。

风骨之论，气骨高举，真力弥满。

---

① 周星莲，字午亭，道光年间举人。善书法，著有《临池管见》。

② 刘熙载，字伯简，号融斋，清代学者。道光年间进士，官至左春坊左中允、广东学政。著有《艺概》《昨非集》《说文双声》等。

李太白文集卷第一

草堂集序

　　　　　　宣州當塗縣令李陽冰

李白字太白隴西成紀人涼武昭王暠九世孫蟬聯
珪組世為顯著中葉非罪謫居條支易姓為名然自
窮蟬至舜七世為庶累世不大曜亦可歎焉神龍之
始逃歸于蜀復指李樹而生伯陽驚姜之夕長庚入
夢故生而名白以太白字之世稱太白之精得之矣
不讀非聖之書恥為鄭衛之作故其言多似天仙之
辭凡所著述言多諷興自三代已來風騷之後馳驅
屈宋鞭撻楊馬千載獨步唯公一人故王公趨風列
岳結軌羣賢翕習如鳥歸鳳盧黃門云陳拾遺橫制

《李太白文集》卷一卷端

静心在境

管子《管子·内业》云：

圣人与时变而不化，从物而不移，

能正能静，然后能定。

定心在中，耳目聪明。

智者与时进而应世，立志而不易，

能攻能守，尔后能静。

静心在境，而且践行。

《管子·形势》又云：

"道往者，其人莫来；道来者，其人莫往。"

知进者其人知止，知止者其人知进。

氏牧民山高乘馬輕重九府詳哉言之也又曰將順其美匡

救其惡故上下能相親愛宣管仲之謂乎九府書民間無有

山高一名形勢凡管子書務富國安民道約言要可以驟合

經義向謹第錄上

管子卷第一　　　　　　　　唐司空房　玄齡　註

牧民第一　　　　　　形勢第二

權修第三　　　　　　立政第四

乘馬第五

牧民第一

國頌　四維　四順

士經　六親五法　　　　　　經言一

凡有地牧民者務在四時（四時所以生成萬物也）守在倉廩（食者人之天也）國多財

則遠者來地辟舉則民留處（國多財則遠者來盡地利則人留居處也）倉廩實則知

禮葦衣食足則知榮辱上服度則六親固（觀各得其所故能感恩）

《管子》卷一卷端

105

善者之求

《孙子兵法·兵势篇》云：
善战者，求之于势，
不责于人，故能择人而任势。

善学者，求之于己，
不求于人，故能取精而明己。
善思者，求之于心，
不求于外，故能神定而明心。
善践者，求之于道，
不求于顺，故能履险而明志。
善悟者，求之于觉，
不求于虚，故能卓见而明理。

十一家註孫子卷上

計篇　曹操曰計者選將量敵度地料卒遠近險易計於廟堂也○李筌曰計者兵之上也太一遁甲先以

計神加德宮以斷主客成敗故孫子論兵赤以計為篇首○杜牧曰計算也○王晳曰計者謂計主將天地法令兵眾士

將法也於廟堂之上先以彼我之五事計算優劣然後戰也○張預曰管子曰

勝負既定然後興師動眾用兵之道以計為首也或曰兵貴臨敵制宜曹公謂計於

著為篇首耳○王晳曰計定於內而後兵出境也

廟堂者何也曰將之實愚敵之強弱地之遠近兵之眾寡

應則在於將之所裁非可以臨危也

安得不先計之及乎兩軍相臨變動相

孫子曰兵者國之大事　杜牧曰傳曰國之大事在祀與戎○張預曰國之安危在兵故

《十一家注孙子》卷上卷端

内修外用

齐学培《见吾随笔》云：

欲文过者愈文愈彰，

善补过者愈补愈少。

欲畏进者愈畏愈懈，

敢精进者愈精愈勇。

会读书者愈读愈博，

死读书者愈读愈愚。

欧阳修《左氏辨》云：

"君子之修身也，

内正其心，外正其容。"

今人之读书也，

内修外用，除弊去躁。

居士集卷第一　歐陽文忠公集一

古詩三十八首
顏跖

顏回歡瓢水陋巷卧曲肱盜跖獸人肝九
州恣橫行回仁而短命跖壽死免兵愚夫
仰天呼禍福豈足憑跖身一腐鼠死朽化
無形萬世尚遭戮筆誅甚刀刑思其生所
得豺犬飽臭腥顏子聖人徒生知自誠明
惟其生之樂豈減跖所榮死也至今在光
輝（輝一作先）如日星譬如埋金玉不耗精與英

《欧阳文忠公集》卷一卷端

真人面前

陈继儒《岩栖幽事》云：

真人面前莫弄假，

痴人面前莫说梦。

智者面前莫卖弄，

明人面前莫作秀；

学者面前莫论典，

仁人面前莫存疑；

强者面前莫示弱，

高人面前莫炫奇。

曹植《杂诗》云：

"烈士多悲心，小人偷自闲。"

明人无暗事，智者有真心。

文選卷第一

梁昭明太子撰

文林郎守太子右內率府錄事參軍事崇賢館直學士臣李善注一

賦甲 賦甲者舊題甲乙所以紀卷先後今卷既改故甲乙並除存其首題以明舊式

京都上

班孟堅兩都賦二首 洛陽故上此詞以諫和帝大悅也 自光武至和帝都洛陽西京父老有怨班固思帝去

兩都賦序

班孟堅 范曄後漢書曰班固字孟堅此地人也年九歲能屬文長遂博貫載籍顯宗時徐蘭臺令史遷為郎乃上兩都賦大將軍竇憲出柾匈奴以固為中護軍憲敗

《文选》卷一卷端

惧字诀

张居正《赠文》云：
惧则思，思则通微；
惧则慎，慎则不败。

惧则学，学则明道；
惧则践，践则行道；
惧则悟，悟则闻道；
惧则敬，敬则大道。
方苞①《通蔽》云：
"誉乎己则惧焉，
惧无其实而掠美也。"
警乎己则慎焉，
慎有其规而敬畏也。

---

① 方苞，字灵皋，号望溪，清代学者，康熙年间进士。方苞为学以程、朱为宗，提倡写古文要重"义法"，追求道与文并重，与姚鼐、刘大櫆合称"桐城三祖"。

自省之心

王永彬《围炉夜话》云：

求备之心，

可用之以修身，

不可用之以接物。

知足之心，

可用之以处境，

不可用之以读书。

自省之心，

可用之以观己，

不可用之以察人。

自知之心，

可用之以自胜，

不可用之以胜人。

自省者慎，

自知者智。

王勃①《规讽》云：

"祸不入慎家之门。"

自知为智者之道。

---

① 王勃，字子安，唐代诗人，与杨炯、卢照邻、骆宾王共称"初唐四杰"。

做人诚

牟允中[①]《庸行编·言语类》云：

人前做得出底方可说，

人前说得出底方可做。

能拿到当面方可说，

能摆上桌面方可做。

人生在世要有底线意识，

底线明，遇事清；

底线守，做人诚。

《孟子·离娄上》云：

"诚者，天之道也；

思诚者，人之道也。"

---

① 牟允中，清代学者。

学诚者，人之旨也；

践诚者，人之责也；

悟诚者，人之觉也。

不炫诀

郑逸梅①《幽梦新影》云：

月不自炫其皎，花不自炫其艳，

山不自炫其高，水不自炫其清。

琴不炫其雅，棋不炫其弈，

书不炫其厚，画不炫其境，

诗不炫其情，酒不炫其豪，

茶不炫其韵，人不炫其诚。

不炫耀，

道法自然，人之常道。

不炫奇，

奉常处变，人之正道。

---

① 郑逸梅，现代掌故大家，擅于书画，著有《艺坛百影》《影坛旧闻》《三十年来之上海》《清娱漫笔》等。

人之心

黄淳耀^①《自监录》云：

人我心，得失心，毁誉心，宠辱心，
轻轻放下。

浮躁心，浅薄心，作秀心，推拖心，
重重除去。
自知心，自立心，自信心，自律心，
牢牢把握。

---

① 黄淳耀，字蕴生，号陶庵，崇祯年间进士。弘光元年，嘉定人抗清起义，与侯峒曾被推为首领。城破后，自缢于馆舍。有《陶庵集》。

贵乎知微

赵民献^①《萃古名言·谨微》云：

世间坑阱在在有之，

眼一少昧，足一少偏，心一少惑，

则堕落其中，安能出哉？

及悔前日之所为，晚矣，

此君子贵乎知微。

世路围猎比比皆是，

行一乱步，手一乱伸，心一乱思，

则失足其中，岂能回哉？

及知自身之所堕，迟矣，

故今人贵于自慎。

---

① 赵民献，明代文人。

君子常态

叶玉屏《六事箴言》云：
见利向前，见害退后，
同功专美于己，同过委罪于人，
此小人恒态，而丈夫之羞行也。

见险向前，见难不避，
遇急不委于人，遇重担当于己，
此君子常态，而人生之践行矣。
薛文清[1]云：
"进将有为，退必自修。
君子出处，惟此二事。"
善为善成，敢为敢成；
心怀天下，修德立诚。

---

[1] 薛文清，即薛瑄。

惧者为本

洪迈[1]《容斋随笔》云：

圣人不畏多难，而畏无难。

君子不惧多急，而惧无急；

不惧多险，而惧无险；

不惧多重，而惧无重。

急难险重，担当敢为；

知难不避，迎难而上。

林和靖[2]《省心录》云：

"恐惧者修身之本。

事前而恐惧则畏，畏可以免祸；

---

[1] 洪迈，字景庐，号容斋，南宋学者。主要作品有《容斋随笔》《夷坚志》。

[2] 林和靖，即林逋。

事后而恐惧则悔，悔可以改过。"

人存敬畏之心，敬胜百邪；

人存诚惧之行，遇难呈祥。

敬慎不败

敖英[①]《东谷赘言》云：

君子之立身立言，不可不慎。

君子之修身立德，不可不慎。

身不慎则身败，言不慎则言惑，

行不慎则行妄，德不慎则德毁。

赵与时[②]《宾退录》云：

"一念私邪，立见为小人。"

一言险恶，立见为佞人。

一行恣肆，立见为庸人。

---

① 敖英，字子发，号东谷，明代诗人。著有《慎言集训》。

② 赵与时，字行之，南宋宝庆年间进士。著有《宾退录》。

镇浮御躁

来斯行 [①] 《槎庵燕语》云：

难亲胜于易合，面谀甚于背非。

守静胜于浮躁，立诚镇于行妄，

交淡优于意浓，持敬制于懈怠。

静有君，诚有心，

淡有味，敬有道。

君心味道，镇浮御躁。

---

① 来斯行，字道之，号槎庵，明万历年间进士，累官至福建右布政使。著有《经史典奥》《槎庵小乘》等。

破字诀

申涵光《荆园进语》云：

破得'利'字、'名'字，方能入门；

破得'惰'字、'骄'字，方能深造。

破得"权"字、"欲"字，方能立身；

破得"疑"字、"悟"字，方能进步；

破得"懦"字、"懒"字，方能正己；

破得"散"字、"奢"字，方能精进。

能字诀

朱锡绶[①]《幽梦续影》云：

能食淡饭者，方许尝异味；

能溷市嚣者，方许游名山；

能受折磨者，方许处功名。

能听忠言者，方可容逆耳；

能行崎岖者，方可走正道；

能守寂寞者，方可入红尘；

能耐艰难者，方可达目标。

《三国志·孙权传》云：

"能用众力，则无敌于天下矣；

能用众智，则无畏于圣人矣。"

能字存心，必为大器。

---

① 朱锡绶，字啸篁，号弇山草衣，曾任湖北黄安知县。著有《疏兰仙馆诗集》《幽梦续影》等。

观世网

马嘉松[①]《十可篇》云：

世轫中千岐万径，耳目闻见，

遇事之不可人意者置之。

或不能忘，忧之而非己分所及，

则以无可奈何付之而已。

此古人所为忧世，而未尝不乐天也。

昌黎有云：

"乐哉何所忧，所忧非尔力"。

世网中千缠万绕，感同身受，

处事时不受牵绊者少之。

如不欲陷，遇之而清醒者必慎，

---

① 马嘉松，字曼生，明万历末诸生。著有《十可篇》。

则以事不避难应之而已。

此今人所为处世，

而宜须自知也。

谚语云：

"成人不自在，自在不成人。"

运字诀

魏裔介《琼琚佩语·摄生》云：

陆象山云："精神不运则愚，气血不运则病"。

身体不运则衰，头脑不运则昏，

手足不运则惰，耳目不运则迷，

心地不运则昧。

运动生智慧，运动即生命。

观字诀

沈捷《增订心相百二十善》云:

"德业观前面人,名位观后面人。"

修身观上进人,治世观谨慎人,

学习观刻苦人,做事观沉潜人,

交友观包容人,处众观自知人。

观前知进步,观后知让步,

观人知大度,观世知广度。

祛懒惰

吕坤《呻吟语》云：

弊端最不可开，弊风最不可成。

禁弊端于未开之先易，

挽弊风于既成之后难。

识弊端而绝之，非知者不能；

疾弊风而挽之，非勇者不能。

懒惰最不可法，懒风最不可行。

祛懒惰于未启之端易，

扫懒风于既成之后难。

辨懒惰而除之，非智者不能；

灭懒风而消之，非勤者不能。

冷字诀

洪应明《菜根谭》云：

冷眼观人，冷耳听语，

冷情当感，冷心思理。

冷言祛躁，冷行觅静，

冷思深识，冷门独秀。

冷静则遇事不慌，

冷眼则观世察明。

修身

郑善夫①《经世要谈》云：

防身当若御虏，一跌则全军败没。

修身当若修德，一败则百般皆休。

养身当若养志，一怠则此生皆误。

治身当若治世，一惰则诸事皆失。

躬身当若躬亲，一懒则局中皆危。

修身今生事，以勤贯之方为道。

---

① 郑善夫，字继之，号少谷，明代学者。著有《经世要谈》。

人遇逆境

申涵光《荆园进语》云：

人遇逆境，无可奈何而安之若命，

固是见识超卓。

然君子用以力学，

借困衡为砥砺，不但顺受而已。

人遇逆境，

逆来顺受者有之，心灰意冷者有之，

徘徊不定者有之，奋勉精进者有之。

"借困衡为砥砺"，化困难为机遇，

有胆识，有定力，有胸襟，有谋略，

知难不难，必有所成。

世途之人

洪应明《菜根谭》云：

遇故旧之交，意气要愈新；

处隐微之事，心迹宜愈显；

待衰朽之人，恩礼当愈隆。

遇世途之人，言行要分明；

处世网之地，心地宜慎独；

尝世味之杂，气骨当清素。

《列子·说符》云：

"人不尊己，则危辱及之矣。"

人在世路之中，

当自尊、自重、自律、自强。

处处用心

吕坤《呻吟语》云：

实处着脚，稳处下手。

大处落墨，小处起笔。

虚处用心，实处用力。

远处过眼，近处过手。

好处不趋，坏处不避。

深处静思，浅处静观。

长处奋扬，短处奋励。

明处慎行，暗处慎独。

要处真知，妙处真趣。

息尘欲

陆绍珩《醉古堂剑扫》云：

竹篱茅舍，石屋花轩，松柏群吟，藤萝翳景；

流水绕户，飞泉挂檐；烟霞欲栖，林壑将暝。

中处野叟山翁四五，余以闲身作此中主人。

坐沉红烛，看遍青山，消我情肠，任他冷眼。

流泉飞瀑，幽谷曲径，奇峰云水，翠岚悬蹬；

鸟啼花落，茶灶疏烟；草帖画谱，我心依旧。

会同好友新知三四，皆以随缘且不分主客。

纵论古今，不计岁月，息吾尘欲，破他世网。

成德为行

魏象枢《庸言》云：

成德每在困穷，败身多因得志。

立身每在坎坷，失德多因顺适。

创业每在艰辛，毁事多因纷争。

《易经·乾卦·文言》云：

"君子以成德为行。"

今人以立德为要。

德者立身则克难，

德者立世则善行。

小字诀

叶玉屏《六事箴言》云：

克勤小物最难。

谨守小节最难，

甘当小卒最难，

慎防小人最难，

善处小事最难。

《三国志·蜀书·先主传》裴松之注云：

"莫以善小而不为，莫以恶小而为之。"

小中见大须眼力，

防微杜渐须自省。

善者为智

董斯张 [①] 《朝玄阁杂语》云：

善忧则精气挚敛，当事自无率；

善乐则神识闲畅，当事自无躁。

善学则用弘取精，处世自无悔；

善思则忧深虑远，处世自无乱；

善践则柳暗花明，处世自无毁；

善悟则自觉精进，处世自无浮。

善者为智，学思践悟；

善者大智，智者不惑。

[①] 董斯张，字然明，号遐周，明末诗人。有《静啸斋词》《广博物志》等。

人之心

陈益祥《潜颖录》云：
人能自老看少，自死看生，
自败看成，自悴看荣，
则性定而动自正。

人能自退看进，自潜看显，
自沉看浮，自下看上，
自静看躁，自古看今，
则心简而行自远。
人之性，守定而正；
人之心，静为躁君。

智与德

王通《止学》云：

智不及而谋大者毁，智无歇而谋远者逆。

智者言智，愚者言愚，

以愚饰智，以智止智，智也。

德不及而位高者危，德不立而谋众者败。

德者言德，妄者言妄，

以德祛妄，以德立德，德也。

王通又云：

"大智知止，小智惟谋，

智有穷而道无尽哉。"

大德立诚，小德知修，

德有信而修无穷矣。

智者不惑，德者无敌。

人世冷眼

林有麟^①《法教佩珠》云：

游宴之中有陷阱焉，

谈笑之中有戈矛焉。

应酬之中有围猎，

红尘之中有绊索，

言欢之中有剑影，

酒席之中有瓜葛，

场面之中有做局，

情份之中有牵扯。

《论语·卫灵公》曾言：

"子曰：'君子矜而不争，群而不党'。"

---

① 林有麟，字仁甫，号衷斋，明代文人。著有《素园石谱》。

胸怀坦荡，光明磊落；

修身正己，择交友益。

人世之中有冷眼，方可清醒；

尘嚣之中有警心，方可立身。

难字诀

吕坤《呻吟语》云：

士君子立身难，是不苟；

识见难，是不俗。

为政者修身难，是知心；

审力难，是知己；

取势难，是知彼；

察时难，是知机；

谋局难，是知略；

处众难，是知世。

"事不避难，义不逃责"；

尽力克难，功不在我。

治慵懒散奢

晏殊《解厄鉴》云：

治贪以严，莫以宽。

惩淫以辱，莫以隐。

伐恶以尽，莫以慈。

制欲求于德，务求于诚。

治慵以奋，莫以平。

惩懒以振，莫以轻。

祛散以聚，莫以随。

制奢求于俭，务求于戒。

治贪淫恶欲在于自律，

治慵懒散奢在于韧行。

心迹双清

吕坤《呻吟语》云：

士君子在尘世中，

摆脱得开，不为所束缚；

摆脱得净，不为所污蔑；

此之谓天挺人豪。

人在世网中，

冲破得出，不为所牵绊；

冲破得尽，不为所拘囿；

此之谓世事洞明。

人在世俗中，

行迹得清，不为所习染；

持心得静，不为所纷扰；

此之谓心迹双清。

人心能静

钱琦[①]《钱子语测》云：

人心能静，

虽万变纷纭，亦澄然无事；

不静，则燕居闲暇，亦冲然靡宁。

静在心不在境……

敬外无静，静外无敬。

处世务静，

虽世故冷暖，亦凛然不动；

处世不静，

则烦嚣袭扰，亦茫然不省。

吕坤《呻吟语》云：

---

① 钱琦，字相人，号耕石老人。乾隆年间进士，著有《澄碧斋诗钞》。

"三氏传心要法，总之不离一静字，

下手处皆是制欲，归宿处都是无欲，是则同。"

静之心法，

在己不在人。

守静在心，持敬在行。

人间事

陈继儒《安得长者言》云：

乘舟而遇逆风，见扬帆者不无妒念。

彼自处顺，于我何关，

我自处逆，于彼何与。

究竟思之，都是自生烦恼，

天下事大率类此。

人生而多坎坷，见顺利者心失平衡；

明心智者，看得通透；

躁心重者，难以超脱。

深而究之，祛迷在于淡定，

人间事莫不如是。

不必

李贽[①]《失言三首》云：

不必矫情，不必逆性，

不必昧心，不必抑志。

不必媚俗，不必玩世，

不必欺人，不必耽事。

不必违心以交友，

不必昧心以处世，

不必狭心以做人，

不必躁心以为政。

---

① 李贽，字宏甫，号卓吾，明代思想家，泰州学派的一代宗师。
著作有《藏书》《续藏书》《焚书》《续焚书》《史纲评要》等。

正心独行

金缨①《格言联璧》云:

博弈之交不终日,

饮食之交不终月,

势力之交不终年,

惟道义之交,可以终身。

纷华之处不着眼,靡骨之处不立足,

嚣杂之处不乱脑,躁动之处不入心,

惟淡泊之处,可以立身。

居横逆困穷之境,砥节砺行;

居朗月晴空之境,正心独行。

---

① 金缨,清代学者,编著有《格言联璧》。

读之诀

洪应明《菜根谭》云：

登高使人心旷，临流使人意远。

读书于雨雪之夜，使人神清；

舒啸于丘阜之岭，使人兴迈。

读经使人心睿，读史使人心明，

读子使人心逸，读集使人心清。

读书于众籁俱寂，使人心静；

读己于纷华之后，使人心省。

脱俗

洪应明《菜根谭》云：

作人要脱俗，不可存一矫俗之心；

应世要随时，不可起一趋时之念。

读书要用心，不可存一随心之意；

处众要知心，不可起一昧心之思。

作人要洒脱，

应世要通脱，

读书要超脱，

处众要活脱。

敬畏之心

晏殊《解厄鉴》云：

厄者，人之本也。

锋者，厄之厉也。

厄欲减，才莫显。

心者，人之主也；

言者，心之声也；

心欲慎，行莫妄。

敬者，人之立也；

畏者，心之初也；

心有敬，畏有道。

纷华粉墨

屠隆《婆罗馆清言》云：

明霞可爱，瞬眼而辄空；

流水堪听，过耳而不恋。

人能以明霞视美色，则业障自轻；

人能以流水听弦歌，则性灵何害。

纷华可感，转眼而飞逝；

粉墨堪惑，过眼而不迷。

人能视纷华如云烟，

则嗜欲自淡；

人能视粉墨为笑剧，

则妄心自息。

淡泊之真

陆绍珩《小窗幽记》云：

士人有百折不回之真心，

才有万变不穷之妙用。

做人有闹场学道之诚心，

才有动静等观之眼界。

真心振奋扫虚妄，

诚心向道甘淡泊。

洪应明《菜根谭》云：

"遍阅人情，始识疏狂之足贵；

备尝世味，方知淡泊之为真。"

通观世事，才见练达之称智；

历履世尘，终明简单之为慧。

修心之学

黎靖德^①编《朱子语类·读书法》云：

圣贤之言，

须常将来眼头过，口头转，心头运。

修心之学，

须坚持在身上行，足下立，胸中定。

眼观、口读、心记，念念在兹；

身行、足立、胸定，行行在斯。

朱子又言：

"读书，须是穷究道理彻底。

如人之食，嚼得烂，

方可咽下，然后有补。"

---

① 黎靖德，南宋文人。主编《沙阳县志》，并在前人基础上编订《朱子语类》一百四十卷。

修心，须是内明外朗通透。

如当其事，心如镜，

方引为鉴，其后可行。

冷字诀

申涵光《荆园小语》云：

嗜欲正浓时，能斩断；

怒气正盛时，能按纳。

此见学问大得力处。

职场正顺时，能冷静；

交往正热时，能冷思；

名利正喧时，能冷心；

纷华正扰时，能冷对。

处世诸病，

一个"冷"字可治，

可见修身大着力处。

持身正

洪应明《菜根谭》云：

口乃心之门，

守口不密，泄尽真机；

意乃心之足，

防意不严，走尽邪蹊。

身为心之体，

持身不正，必丧正心；

足为心之履，

迈步不慎，必蹈覆辙。

《左传·襄二十五》云：

"慎始而敬终，终以不困。"

身正影不斜，终不致败。

一字诀

齐学培《见吾随笔》云：

胸中有一求字，便消却多少志气；

胸中存一耻字，便振起多少精神。

心中有一利字，便消除多少豪气；

心中存一奋字，便飞扬多少浩气。

心中有一名字，便祛除多少锐气；

心中存一诚字，便涵养多少正气。

诚敬者

魏裔介撰《琼琚佩语》载林和靖云：

恐惧者，修身之本。

事前而恐惧，则畏，畏可以免祸；

事后而恐惧，则悔，悔可以改过。

夫知者以畏消悔，愚者无所畏而不知悔，

故知者保身，愚者杀身。

大哉！所谓恐惧也。

诚敬者，修心之要。

做人则诚敬，诚可交心，敬可服人；

做事则诚敬，诚可克难，敬可成事。

故智者以诚修心，以敬处世。

薛文清云："万事敬则吉，怠则凶。"

一心诚则精进，

一心敬则和众。

妙哉！所谓诚敬也。

知行要务

管子《管子·形势》云：

疑今者，察之古，

不知来者，视之往。

万事之生也，异趣而同归，

古今一也。

疑书者，察之史，

不知道者，力之行。

众人之世也，道分而殊途，

书史证也。

徐干①《中论》云：

"学也者，

---

① 徐干，字伟长，汉魏诗人，"建安七子"之一。作品有《中论》《答刘桢》《玄猿赋》等。

所以疏神达思，怡情理性，

圣人之上务也。"

行也者，

所以正身直行，杜渐防萌，

知行之要务也。

养字诀

《礼记·大学》云：

富润屋，德润身，

心广体胖，故君子必诚其意。

仁养心，义养气，

礼养德，智养慧，

信养诚。

程颐《粹言·人物》云：

"多权者，害诚；

好功者，害义；

取名者，贼心。"

慎权者，养诚；担当者，养义；

沉潜者，养心；修身者，养德。

修身之道

张载《经学理窟》云:

立本既正，然后修持。

修持之道，既须虚心，又须得礼，

内外发明，此合内外之道也。

立志既坚，尔后修身。

修身之道，既须诚意，又须正心，

既诚且正，此合修身之道也。

林逋《省心录》云:

"古之人修身以避名，今之人饰己以要誉。"

修身以德者强，修己以名者毁。

知不足

曹庭栋[①]《老老恒言》云：

人世间境遇何常？

进一步想，终无尽时；

退一步想，自有余乐。

《道德经》曰："知足不辱，

知止不殆，可为长久"。

道路上际遇无常，

往远处思，引为镜鉴；

往近处想，把握当下。

《礼记·学记》曰：

"……学然后知不足，教然后知困。

---

① 曹庭栋，字楷人，号六圃，清代文人。精于养生之学，著有《老老恒言》。

知不足，然后能自反也；

知困，然后能自强也。"

做人要知足，

学习知不足。

两字误

吕坤《呻吟语》云：

不能长进，只为'昏弱'两字所苦。

昏宜静以澄神，神定则渐精明；

弱宜奋以养气，气壮则渐强健。

不能精进，只为"躁骄"两字所误。

躁宜潜以修心，心宁则渐澄明；

骄宜沉以养谦，谦谨则渐慎重。

林逋《省心录》云：

"强辩者饰非，谦恭者无争。"

心躁者盲动，心谦者守静。

日日省

吴澄 [1] 《草庐学案》云：

日日而省之，日日而改之，

是之谓日新又日新。

时时而学之，时时而思之，

此之谓时知又时知。

时时而践之，时时而悟之，

此之谓时行又时行。

曾巩 [2] 《送友诗》云：

"日月有常运，志士无安辋。"

日月逐水流，今者行未休。

---

[1] 吴澄，字幼清，元代经学家，与许衡并称为"北许南吴"。有《吴文正公全集》传世。

[2] 曾巩，字子固，北宋文学家，"唐宋八大家"之一。曾整理《战国策》《说苑》，并校定南齐、梁、陈三书，著有《元丰类稿》。

八字诀

吕坤《呻吟语》云：

"察言观色，度德量力"，

此八字处世处人一时少不得底。

"至诚无妄，察心择友"，

此八字应世交友无时忘不得底。

至诚才能正心，无妄才能无惑；

察心才能察人，择友才能择路。

吕坤又云：

"学问要诀只有八个字：

涵养德性，变化气质。

守住这个，再莫问迷津问渡。"

为政要诀亦有八个字：

心中有剑，手中无剑。

牢记此言，必能解急难险重。

常思

刘向《新序·杂事篇》云：

常思困隘之时，必不骄矣。

常思逆境之时，必不怠矣。

常思拘囿之时，必不退矣。

常思羞辱之时，必不颓矣。

常思失误之时，必不盲矣。

晁说之 [①]《晁氏客语》云：

"不思故有惑，不求故无得，

不问故不知。"

常思故祛惑，常求故有获，

常问故多知。

[①]　晁说之，字以道，号景迁生，北宋学者。著有《书论》《易商小传》《商瞿易传》等，其诗编为《嵩山文集》。

不过诀

李时珍《本草纲目》云：

人身不过表里，气血不过虚实。

读书不过深浅，修心不过静躁。

处世不过是非，做人不过真伪。

用事不过难易，命运不过沉浮。

交友不过亲疏，利弊不过轻重。

人之风度

洪应明《菜根谭》云：

好察非明，能察能不察之谓明；

必胜非勇，能胜能不胜之谓勇。

饱学非通，能学能不学之谓通；

冥思非识，能思能不思之谓识；

笃践非实，能践能不践之谓实；

敏悟非达，能悟能不悟之谓达。

人之风度，红尘中秉志于学；

人之风骨，纷嚣中秉持独见。

事　功

做事之要

程颢①《论王霸札子》云：

事有大小，有先后：

察其小，忽其大；

先其所后，后其所先，

皆不可以适治。

事有本末，有缓急：

究其末，轻其本；

先其所缓，后其所急，

皆不可以成事。

"急则治标，缓则治本"，

标本兼治，诸事可成。

---

① 程颢，字伯淳，号明道，世称"明道先生"，北宋理学家。程颢与弟弟程颐并称"二程"，同为北宋理学的奠基者，其学说后来为朱熹继承和发展，世称"程朱学派"。著有《定性书》《识仁篇》等，后人集其言论收入《二程全书》。

处世有方

《后汉书·陈忠传》云：

轻者重之端，小者大之源。

进者成之基，退者失之础。

功者勤之积，过者惰之累。

敬者尊之始，妄者怠之终。

诚者信之径，伪者祸之由。

智者明之果，愚者暗之实。

《韩非子·解老》云：

"万物必有盛衰，万事必有驰张。"

事有本末，道有阴阳；

书有优劣，人有短长；

明其两端，处世有方。

读书之心

张式^①《画谭》云：

言身之文，画心之文也。

学画当先修身，身修则心气和平，能应万物。

未有心不和平而能书画者！

读书以养性，书画以养心，

不读书而能臻绝品者，未之见也。

观心之言，修身之言也。

读书当先修心，

心修则息机抱道，可行世路。

未有心不向道而能读心者！

读书以修心，息机以治心，

---

① 张式，字抱翁，号荔门，清代画家。著有《画谭》《荔门集》。

深思以明心，觉悟以初心。

不读书而能"三达德"（智、仁、勇）者，

未之有也。

取向

《资治通鉴·宋纪》云：

能择善者而从之，美自归己。

能取德者而学之，道自励己；

能取智者而随之，思自明己；

能取胆者而断之，效自振己；

能取识者而深之，见自启己；

能取才者而用之，慧自应己；

能取强者而习之，志自奋己。

取向，人生之诀要；

取向明，正道可趋；

取向迷，歧途难返。

凡读书

王阳明《家训》云：

凡做人，在心地；心地好，是良士；

心地恶，是凶类。

凡读书，在读人；读人准，是识见；

读人误，是庸见。

凡读书，在读己；读己深，是修身；

读己浅，是怠惰。

凡读书，在读心；读心正，是良知；

读心错，是无知。

知必行

王阳明《答顾东桥书》云：

夫学、问、思、辨、行，皆所以为学，

未有学而不行者也。

夫学、思、践、悟，皆所以为行，

未有行而不知者也。

心即理、致良知、知行合一，

为王阳明"心学"三大支柱。

"知者行之始，行者知之成"①。

学必问，思必辨，知必行。

知行则事自成，

知学则心必静。

---

① 语出王阳明。

学与创

陶行知《创造宣言》说：

处处是创造之地，

天天是创造之时，

人人是创造之人。

处处是学习之地，天天是学习之时，

人人是学习之人。

人不学，无以立；

人不思，无以明；

人不践，无以进；

人不悟，无以觉。

学习，立身之始；

创造，立业之基。

通世情

吴从先《小窗自纪》云：

世情熟，则人情易流；

世情疏，则交情易阻。

甚矣处世之难。

世情通，则人情易淡；

世情透，则交情易简。

通世情，知人情险；

透世情，知交情薄。

《中庸》云：

"君子和而不流。"

处世通透皆为道，

做人简单大文章。

言有头足

王充^①《论衡·奇怪》云：

言之有头足，故人信其说；

明事以验证，故人然其文。

做事有始终，人则信其行；

做人有规矩，人则信其诚；

做学有韧劲，人则信其恒。

言有头足则有据，

事有始终则善成，

人有规矩则立身，

学有韧劲则持恒。

---

① 王充，字仲任，汉代道家思想的重要传承者与发展者。代表作品《论衡》。

察己知人

《吕氏春秋·察今》云：
己亦人也，
故察己则可以知人，
察今则可以知古，
古今一也，
人与我同耳。

古今相通，人我相同。
故观心则可以知己，
观己则可以辨人。
"己所不欲，勿施于人"。
观心者，
可自知、自信、自胜、自强；
察己者，
可知人、知事、知形、知世。

处世之道

郑瑄《昨非庵日纂》云：

人大言，我小语；

人多烦，我少记；

人悸怖，我不怒。

淡然无为，神气自满，

此长生之药。

人浮上，我沉下；

人近奢，我远俗；

人作秀，我不奇。

行胜于言，恒持定力，

此处世之道。

为政者

叶玉屏《六事箴言》云：

风俗，天下之大事；

廉耻，士人之美节。

为政者当以扶纲常、正名分、重道义为第一。

读书，一生之乐事；

践行，世人之要旨。

为政者当以秉初心、正能量、重实践为第一。

涉世，平生之常事；

自省，修身之要义。

处世者当以持定力、正心性、重务实为第一。

知与行

杨梦衮[①]《草玄亭漫语》云：

作之不止，可以胜天；

止之不作，犹如画地。

知而不行，不知其可；

行而不知，盲人摸象。

程颐云：

"力学而得之，

必充广而行之。"

深思而明之，

必然惑而解之；

---

① 杨梦衮，字岱宗，明万历年间进士，参加由万历皇帝亲自主持的"策问"，被选入翰林院，授庶吉士，编修国史。著有《岱宗小稿》《贩书偶记》。

实践而知之，

必然履而合之；

明悟而省之，

必然醒而化之。

识人

吕坤《呻吟语》云：

心术平易，制行诚直，

语言疏爽，文章明达，

其人必君子也；

心术微暧，制行诡秘，

语言吞吐，文章晦涩，

其人亦可知矣。

心地坦诚，行为正派，

语言简练，文章扼要，

其人必干才也；

心地冗杂，行为懈怠，

语言混乱，文章无物，

其人必庸才也。

做人思惟

薛文清《读书录》云：

惟正足以服人。

惟公足以育人，

惟廉足以律人，

惟明足以砺人。

为政处事，

公正廉明为尊理，

"但当循理，不可使气。"

凡事用心，不可随意。

入世法

何伟然《呕丝》云：

应世法，微微一笑；

度世法，冷冷半语。

读世法，静静一观；

思世法，深深三省；

践世法，久久多功；

悟世法，默默几度。

惜时

魏源①《默觚上·学篇三》云：

志士惜年，贤人惜日，圣人惜时。

少年惜学，青年惜思，

壮年惜践，老年惜悟。

似水流年知难再，

人生珍惜一瞬间。

---

① 魏源，名远达，号良图，清代启蒙思想家。道光年间进士，晚年弃官归隐。近代中国"睁眼看世界"的首批知识分子的代表。主要著作有《书古微》《诗古微》《老子本义》《圣武记》和《海国图志》等。

人生二言

陈继儒《安得长者言》云：

治国家有二言，曰：忙时闲做，闲时忙做。

变气质有二言，曰：生处渐熟，熟处渐生。

论读书有二言，曰：学贵心悟，思贵践行。

论处世有二言，曰：执两用中，和而不流。

论为人有二言，曰：心素如简，君子九思。

论交友有二言，曰：亲则疏矣，疏则亲矣。

为人处事

申涵光《荆园小语》云：

凡应人接物，

胸中要有分晓，外面须存浑厚。

凡为人处事，

遇事要明真伪，处事要讲对错。

急事要知标本，难事要勇作为，

险事要察陷阱，重事要敢担当。

应人接物知内外，

为人处事明诚伪。

事之君

吕坤《呻吟语》云：

腐儒之迂说，曲士之拘谈，

俗子之庸识，躁人之浅见，

谲者之异言，憸夫之邪语，

皆事之贼也，谋断家之所忌也。

古儒之经典，壮士之侠行，

诸子之广识，达人之明见，

智者之真言，士夫之妙语，

皆事之君也，谋略家之所用也。

专字辨

《阴符经·中篇》云：

专用聪明则事不成，专用晦昧则事皆悖。

专用强力则事易折，专用退让则事皆悔。

专用权谋则事易乱，专用己意则事皆迷。

事有多面，路有多途；

秉持初心，殊途同归。

学须广博再专精，思须广识而深研，

践须广力敢担当，悟须广见靠自觉。

不混俗

陆绍珩《小窗幽记》云：

善默即是能语，用晦即是处明，

混俗即是藏身，安心即是适境。

守默即是热心，取精即是用弘，

随俗即是处众，安身即是立命，

沉潜即是祛浮，怀朴即是简素。

不混俗，不过激，不浮泛，不模棱；

事有两端，执两用中。

知之髓

吕坤《呻吟语》云：

治道尚阳，兵道尚阴；

治道尚方，兵道尚圆。

是惟无言，言必行；

是惟无行，行必竟。

易简明达者，治之用也。

知道尚虚，行道尚实；

知道尚诚，行道尚慎。

"一阴一阳之谓道"，

是惟无伪，言必信；

是惟无躁，行必果。

学思践悟，知之髓也。

做事之明

洪应明《菜根谭》云：
议事者，身在事外，
宜悉利害之情；
任事者，身居事中，
当忘利害之虑。

做事者，身当其任，
宜明真伪之辨；
治事者，身当其责，
宜知是非之判；
用事者，身当其重，
宜衡利弊之策。
明真伪以辨事实，
明是非以判正误，
明利弊以知对策。

知行精进

田艺蘅《玉笑零音》云：

分人以道谓之神，分人以德谓之圣；

分人以功谓之公，分人以利谓之私。

今人以知谓之精，今人以行谓之进；

今人以诚谓之是，今人以伪谓之非。

道德神圣，功利公私；

非大德者不能为。

知行精进，诚伪是非；

非大智者不能明。

用笔者诫

乐纯[①]《雪庵清史》云：

舌，剑锋也，

可以斩人还能自害，故好尽言招人过，

国武子所以见杀，于齐要皆酒使也。

宁鸠子有言：

"喜极勿多言，怒极勿多言，醉极勿多言。"

吾取为轻言者戒。

笔，刀锋也，

可以斥妄亦能自误，故用笔者好坏参半。

刀笔吏所以被贬，于史不绝于书也。

文天祥《正气歌》云：

[①] 乐纯，字思白，号雪庵，明代文人，善古文，工书画。有《雪庵清史》《红雨楼集》。

"在齐太史简，在晋董狐笔。"

"董狐笔底风霜重"，自古直笔有嘉名。

吾取为用笔者诫。

实践为本

诸葛亮《便宜十六策·思虑》云：

欲思其利，必虑其害；

欲思其成，必虑其败。

欲学其书，必究其理；

欲践其路，必明其险；

欲悟其道，必觉其妙。

《墨子·修身》云：

"士虽有学，而行为本焉。"

学习极为重要，

实践方为根本。

为政者

徐学谟《归有园麈谈》云：
凡作官者作一气识，
气识好则瑕疵难见。

凡为政者必要格局，
格局大则懒散难见。
凡为政者必要胸襟，
胸襟宽则贤愚能容。
凡为政者必要胆识，
胆识远则风云可观。

交友之道

陆绍珩《小窗幽记》云：

交友之先宜察，交友之后宜信。

交友之道宜淡，交友之路宜宽。

交友之诚宜秉，交友之信宜立。

交友之识宜远，交友之见宜明。

交友之难宜耐，交友之误宜直。

李白《赠友人三首》诗云：

"人生贵相知，何用金与钱。"

人生贵知友，道同相为谋。

处事之要

申涵光《荆园进语》云：
处难事如理乱丝，
耐心徐图，自有入路。
急则愈结，所伤必多。

处急事如熄大火，
定心缓处，自有出路。
处险事如走钢丝，
小心慎处，自有明路。
处重事如扛巨鼎，
壮心力处，自有大路。
难事不避，急事不慌，
险事不惧，重事不弃。
急难险重，处事之要；
徐缓慎力，处事之路。

听与看

倪允昌《光明藏》云：

听瀑布，可涤蒙气；听松风，可豁烦襟；

听檐雨，可止劳虑；听鸣禽，可息机营；

听琴弦，可消躁念；听晨钟，可醒溃肠；

听书声，可束游想；听梵音，可清尘根。

看流泉，可养清气；看烟岚，可静尘心；

看奇峰，可打草稿；看宫阙，可资镜鉴；

看山扉，可尝真味；看朗月，可共婵娟；

看大海，可畅胸襟；看古籍，可品千年。

处世明

朱锡绶《幽梦续影》云：

孤洁以骇俗，不如和平以谐俗；

啸傲以玩世，不如恭敬以陶世；

高峻以拒物，不如宽厚以容物。

孤芳以远缘，不如自尊以随缘；

促狭以待人，不如宽厚以容人；

高调以显绩，不如低调以潜绩；

媚俗以结友，不如直谅以交友；

清傲以出世，不如敬畏以入世。

交友慎处是非少，

处世明时天地宽。

守静

吕坤《呻吟语》云：

规模先要个阔大，意思先要个安闲，

古之人约己而丰人，故群下乐为之用，

而所得常倍。

徐思而审处，故己不劳而事极精详。

"褊急"二字，处事之大碍也。

眼光先要个深远，肩膀先要个担当，

今之人律己而敬众，故践行路为之宽，

而终身受用。

深思而慎独，故己心诚而世难纷扰。

"守静"二字，处世之大要也。

守拙

洪应明《菜根谭》云：

文以拙进，道以拙成。

一"拙"字有无限意味。

人以拙静，友以拙近。

一"拙"字有无尽妙味。

陆绍珩《小窗幽记》云：

"'拙'之一字，免了无千罪过；

'闲'之一字，讨了无万便宜。"

藏拙实为自谦，

守拙即为守静。

处世之知

袁枚《随园诗话》云：

为人不可不辨者：

柔之与弱也，刚之与暴也，

俭之与啬也，厚之与昏也，

明之与刻也，自重之与自大也，

自谦之与自大也，自谦之与自贱也。

似是而非，差之毫厘，失之千里。

处世不可不知者：

沉之与浮也，勤之与懒也；

聚之与散也，俭之与奢也；

察之与迷也，自尊与自卑也；

自律与自薄也，自律与自轻也。

相悖相辅，把握分寸，辨析之要。

处生之难

吴从先《小窗自纪》云：

世情熟，则人情易流；

世情疏，则交情易阻。

甚矣，处生之难。

世事明，而人事常绊；

世事隔，而处事常误。

困矣，处事之难！

世人亲，则亲清易淆；

世人疏，则疏离易远。

知矣，处人之难！

处生之难须察世情，

处事之难须明事理，

处人之难须懂人心。

以冷视世

项煜^①《冷赏序》云：

世人事业俱从热处做，

冷中滋味，论及领取？

必有冷人，得冷趣，做冷事，

仍使入冷眼，作冷语，

胃师其以我为个中人耶？

冷眼观世，冷心处世，

冷情面世，冷静应世。

觑破纷驰世网，免于人情限囿；

识透奔竞世尘，息去内境烦嚣。

陆绍珩《醉古堂剑扫》云：

---

① 项煜，字仲昭，号水心，明末政治人物。

"一段世情，全凭冷眼觑破；

几番野趣，半从热肠换来。"

以冷视世，则空烦恼，息妄念，

破嚣尘，消营求，减纷争，明世情。

冷之一字，

实为看透人情如刃之大学问。

何谓智者

吴从先《小窗自纪》云：

琴以不鼓为妙，棋以不着为高。

示朴藏拙，古之至人。

书以不拘为佳，画以不言为胜，

诗以不吟为优，酒以不饮为慎，

花以不盛为时。

内敛藏锋，谓之智者。

知之谓

陈确 ①《瞽言·近言集》云：

知过之谓智，改过之谓勇。

知书之谓礼，读书之谓道。

知人之谓明，识人之谓察。

知世之谓达，入世之谓行。

知友之谓交，净友之谓珍。

---

① 陈确，字乾初，明末清初文人，著有《大学辨》《瞽言》《葬书》等。

智者

刘基①《郁离子》云：

智不自智，

而后人莫与争智。

智者绝不炫智，

智者谋定后动，

智者通脱守拙，

智者心定从容。

王符《潜夫论》云：

"智者，弃其所短而采其所长，

以致其功。"

智者，观其所近而谋其所远，

终致其成。

---

① 刘基，字伯温，明朝开国元勋，元至顺年间进士，至正十九年受朱元璋礼聘而至。参与谋划平定张士诚、陈友谅与北伐中原等军事大计。洪武三年，封"诚意伯"，谥号"文成"。著作收入《诚意伯文集》。

用心功德

周亮工 [①] 《赖古堂尺牍三选结邻集》云：

独立于万物之上，乃为有志；

能屈于万人之下，乃为有养。

奋然于万事之日，方为有用。

瞭然于万变之时，方为有心。

毅然于万难之前，方为有功。

浩然于万象之中，方为有德。

《易经·家人卦》云：

"君子以言有物，而行有恒。"

今人以学有书，而思有心，

以践有参，而悟有道。

---

① 周亮工，字元亮，明末清初学者。周亮工对诗文、金石、书画皆有很深造诣，著有《赖古堂集》《读画录》等。

廉与正

曾国藩《曾国藩家训》云：

廉：护官之符。

清、勤、慎，为居官三鉴。

保持廉洁，必能服众。

人为财死，少贪少祸。

行大事者，不尚小廉。

养廉之法，全得一俭字。

正：为政之钥。

正、廉、忠、恭、信、宽、敬，

此居官七要。

坚守正心，方能处世。

居官以清，修身以正。

共而不骄，功藏无名。

守正之法，全在一敬字。

不妄言

陆绍珩《醉古堂剑扫》云：
不贪名，不图利，
了清净缘，作解脱计。
无挂碍，无拘系，
闲便入来，忙便出去，
省闲非，省闲气。

不妄言，不惑行，
做恪慎事，守清静心。
有诚意，有担当，
审度时宜，谋定而动，
知大势，知大局。

为政四胜

曾国藩《求阙斋日记类钞》提出：

"居官四败"：

昏惰任下者败，傲狠妄为者败，

贪鄙无忌者败，反复多诈者败。

为政四胜：

明智处众者胜，谦忍接物者胜，

廉正慎行者胜，坚守初心者胜。

《易经·系辞下》云：

"君子安其身而后动，易其心而后语，

定其交而后求。"

为政正其心而后振，知其道而后行，

明其旨而后为。

攻大处

黎靖德编《朱子语类·总论为学之方》云：
学问须是大进一番，方始有益。
若能于一处大处攻得破，
见那许多零碎，只是这一个道理，
方是快活。

学习须要切己体验，方能进步。
若能攻大处，弃零碎，
方能通贯。
攻大处要攻大本大原、大纲大目，
明白大道理，开眼界，阔基础，
小道理自然通透。
攻大处，不等待；下工夫，得其要；
攻得下时，便知味道。

处世八要

孙嘉淦^①《居官八约》云：

事君笃而不显，与人共而不骄，

势避其所争，功藏于无名，

事止于能去，言删其无用，

以守独避人，以清费廉取。

处世八要：

应世实而不虚，待人真而不伪，

事明其是非，策衡于利弊，

友交于能清，书读其修心，

以守敬接物，以廉正立身。

---

① 孙嘉淦，字锡公，号静轩，历经康熙、雍正、乾隆三朝，以敢言直谏而出名。著有《春秋义》《南华通》《南游记》等。

实践之路

黎靖德编《朱子语类·训学斋规》云：

读书别无法，只管看，便是法。

正如呆人相似，崖来崖去，

自己却未先要立意见，

且虚心，只管看。

看来看去，自然晓得。

实践别无路，只管行，便是路。

正如行者相似，行来行去，

直至知行合一，

秉初心，只管行。

行胜于言，终归悟道。

聚字诀

齐学培《见吾随笔》云:

作事全在精神。

精神散,则一事无成;

精神聚,则万事皆理。

试观远视近视者,

利用镜,神聚故也。

匠人睨而视之,亦得聚字诀。

做人全在诚意。

诚意失,则一人难交;

诚意聚,则众人皆友。

试察远近亲疏者,

用心正,诚意聚也。

今人秉而持之,可学聚字诀。

人生之气

吕坤《呻吟语》云：

士气不可无，傲气不可有。

士气者，明于人己之分，

守正而不诡随；

傲气者，昧于上下之等，

好高而不素位。

锐气不可无，暮气不可有。

锐气者，始于人生坎坷，

奋斗而不毁随；

暮气者，怠于世事艰难，

畏葸而不拼争。

贵其言

袁采《世范》云：

君子必贵其言，贵其言则尊其身，

尊其身则重其道，重其道所以立其教。

读书必读其心，读其心则知其人，

知其人则究其理，究其理所以固其本。

王通《中说》云：

"多言不可与远谋，多动不可与久处。"

君子贵其言，则尊身、重道、立教；

智者寡其言，则定心、究理、固本。

审时者

《群书治要·时务论治要·审察计谋》云：
夫听察者，乃存亡之门户，
安危之机要也。

凡审时者，乃形势之关键，
胜负之锁钥也。
凡观世者，乃进退之枢纽，
出入之奥妙也。
陈子昂《上军国利害事》云：
"欲正其末者，必先端其本；
清其流者，必先洁其源。"
欲察其时者，必先握其机；
观其世者，必先明其道。

先立志

谢良佐①《上蔡语录》云：

人须先立志，志立则有根本。

譬如树木，须先有个根本，

然后培养，能成合抱之木。

人须有正心，心正则可固本。

例如行舟，须先以舵为本。

尔后逆流，能行万重之险。

人须有诚意，意诚则可修本。

例如登山，须先登顶为本。

尔后稳步，能履万仞之高。

---

① 谢良佐，字显道，北宋学者。师从程颢、程颐，与游酢、吕大临、杨时并称"程门四先生"。谢良佐创立了上蔡学派，是心学的奠基人、湖湘学派的鼻祖。其核心思想被门人编为《上蔡先生语录》。

不妄行

诸葛亮《便宜十六策·喜怒》云：

喜不可纵有罪，怒不可戮无辜；

喜怒之事，不可妄行。

忧不可患有私，惧不可畏担责，

忧惧之事，不忘底线。

乐不可忘有形，思不可存无稽，

乐思之事，不可得意。

《易经·系辞》云：

"乐天知命，故不忧。"

得失不形，故不喜；

顺逆等观，故不怒；

谦己下人，故不惧。

三辨应世

吕坤《呻吟语》云：

学术要辨邪正。

既正矣，又要辨真伪。

既真矣，又要辨念头切不切，

向往力不力。

无以空言辄便许人也。

处事要讲事实，辨真伪；

既真矣，又要讲原则，辨对错；

既对矣，又要讲策略，辨利弊。

利大弊小，无往而不力。

用此实话来应世矣。

众智所为

方孝孺 [①]《逊志斋集卷一》云：

贤者小学以明，不贤者废学为昏。

智者真学以福，不智者怠学为祸。

清者善学以廉，不清者赖学为败。

践者笃学以致，不践者弃学为愚。

勤者苦学以知，不勤者懒学为昧。

刘安 [②]《淮南子·主术训》云：

"积力之所举，无不胜也；

而众智之所为，无不成也。"

① 方孝孺，字希直，号逊志，明朝学者。师从宋濂，明惠帝即位后召方孝孺入京委以重任，因拒绝为发动"靖难之役"的燕王朱棣草拟即位诏书，被朱棣灭十族，南明弘光帝时追谥"文正"。

② 刘安，汉高祖刘邦之孙，淮南厉王刘长之子，文帝十六年封淮南王。好书鼓琴，招宾客方术之士数千人，后因谋反案发而自杀。作《淮南子》二十一卷，著有《离骚传》。

积智之所学，无不明也；

而众践之所履，无不达也。

事成于勉

《群书治要·新语治要·无为》云：

道莫大于无为，行莫大于谨敬。

德莫大于窒欲，智莫大于谦和，

体莫大于健行，美莫大于自然，

劳莫大于勤勉。

宋懋澄[①]《九籥别集》云：

"伎工于习，事成于勉。"

德见于修，智识于谦，

体知于践，美隐于简，

劳习于韧，人行于路。

[①] 宋懋澄，字幼清，号雅源，明代藏书家。建有书楼名"九籥楼"，藏书充栋。与王圻、施大经、俞汝楫为明万历年间上海四大藏书家。作品集有《九籥集》。

应人接物

申涵光《荆园小语》云：

凡应人接物，

胸中要有分晓，外面须存浑厚。

凡审时度势，

心中明于知己，世上明于知彼。

凡气质见识，

对外刚柔相济，对内沉潜谦忍。

凡担当执持，

急时观变会通，缓时藏机固本。

张居正《答宣大巡抚吴环洲策黄酋》云：

"审度时宜，虑定而动，

天下无不可为之事。"

是非曲直，明事达理，

天下无不可成之事。

行不求常

石成金^①《续菜根谭》云：

不到极逆之境，

不知平日之安；

不遇至刻之人，

不知忠厚之实；

不经难处之事，

不知适意之巧。

不履奇险之径，

不知平路之常；

不入大变之局，

不知荷任之重；

---

① 石成金，字天基，号惺庵愚人，清代医家、文人。著有《笑得好》《雨花香》等。

不经纷华之世，

不知淡泊之贵。

《后汉书·虞诩传》云：

"志不求易，事不避难。"

行不求常，境不惧逆。

当大事

吕坤《呻吟语》云：

当大事，要心神定，心气足。

当急事，要心地静，心气潜。

当难事，要心地诚，心气实。

当险事，要心地明，心气勇。

当重事，要心地沉，心气凝。

吕坤又云：

"应万变，索万里，

惟沉静者得之。"

当大事，认一理，

惟诚明者担之。

处世之道

叶玉屏《六事箴言》云：

高道淳曰：俗情浓酽处淡得下，

俗情劳扰处闲得下，

俗情苦恼处耐得下，

俗情牵缠处斩得下，

方见学识超越。

躁心闹腾处静得下，

躁心纷扰处定得下，

躁心烦恼处沉得下，

躁心纠缠处断得下，

方见定力超卓。

朱之瑜 [①] 《答小宅生顺书十九首》云：

"不亢不卑，不骄不谄。"

处世之道，在于守静。

---

① 朱之瑜，字楚屿，号舜水，明末学者。

处其实

张居正《翰林院读书说》云：

君子处其实，不处其华；

治其内，不治其外。

智者处其静，不处其嚣；

处其沉，不处其浮；

处其俭，不处其奢；

明者治其心，不治其表；

治其欲，不治其缘；

治其志，不治其名。

晏几道^①《玉楼春·雕鞍好为莺花住》词云：

---

① 晏几道，字叔原，号小山，北宋著名词人。晏殊第七子，与其父晏殊合称"二晏"。词作工于言情，其小令语言清丽，感情深挚，有《小山词》留世。

"古来多被虚名误，宁负虚名身莫负！"

处实者必务实，干实事；

治心者必正心，净心地。

交友之道

吕坤《呻吟语》云：

肯替别人想，是第一等学问。

肯替朋友谏，是第一等作为。

肯替朋友忍，是第一等心胸。

肯替朋友谅，是第一等本事。

肯替朋友清，是第一等界限。

吕坤又云：

"实言、实行、实心，

无不孚人之理。"

与人结交，真心、真诚、真行，

无不合世之道。

事宜接地

陆绍珩《小窗幽记》云：

事忌脱空，人怕落套。

事脱空则不务实，人落套则被牵缠。

脱空既有空洞无物之言，

又有脱离地气之行。

落套既有落入俗套，又有落入圈套。

落入俗套尚可改进，

落入圈套遭劫不复。

事宜接地，人宜问道。

观面人

沈捷《增汀心相百二十善》云：

德业观前面人，名位观后面人。

学问观上面人，接地观下面人。

做事观里面人，做人观外面人。

察世观场面人，惩贪观铁面人。

君子二事

魏裔介辑《琼琚佩语》载薛文清云：

进将有为，退必自修。

君子出处，惟此二事。

进有为是为民，退自修是立德。

进退之义，不可不知。

明了进退，方明取舍。

薛文清又云：

"取与是一大节，其义不可不明。"

与其进而不做事，不如退而做实事。

如其进可有为，其退必不怠荒。

学思践悟小议

吕坤《呻吟语》云：

心于淡里见天真，嚼破后许多滋味；

学向渊中寻理趣，涌出来无限波澜。

思从远处观变化，镜鉴出多少教训；

践从实处讲担当，省察出无尽责任；

悟从觉处知蕴奥，明晓出几分大道。

学从难处则克难，

思从疑处则破疑，

践从实处则务实，

悟从省处则自省。

学思践悟再议

陆贾[①]《道基篇》云：

德盛者威广，力盛者骄众。

学深者智增，思深者虑远，

践深者识真，悟深者道闻。

法国哲学家亨利·柏格森说：

"要像行动者那样思考，

要像思考者那样行动。"

换言之，即"知行合一"。

王阳明《传习录》云：

"知之真切笃实处即是行，

行之明觉精察处即是知，

---

① 陆贾，西汉人。刘邦和文帝时，两次出使南越，说服赵佗臣服汉朝，对安定汉初局势做出极大的贡献。著有《新语》等。

知行功夫本不可离。"

阳明心学的三大理论支柱之一，

即"知行合一"，

至今影响我们"学思践悟"。

傳習錄卷一 共三十五段

先生於大學格物諸說悉以舊本為正盖先儒
所謂誤本者也愛始聞而駭既而疑已而殫精
竭思參互錯綜以質於先生然後知先生之說
若水之寒若火之熱斷斷乎百世以俟聖人而
不惑者也先生明睿天授然和樂坦易不事邊
幅人見其少時豪邁不羈又嘗泛濫於詞章出
入二氏之學驟聞是說皆目以為立異好奇漫
不省究不知先生居夷三載處困養靜精一之
功固已超入聖域粹然大中至正之歸矣愛朝

《传习录三卷续录》卷一卷端

学思践悟三议

袁枚 ① 《牍外余言》云：

以著作争胜负，故不喜赌钱；

以吟咏当笙簧，故不爱听曲；

居易以俟命，故不信风水阴阳；

听其所止而休焉，故不屑求仙礼佛。

以学习求进步，故不喜自满；

以思考求解惑，故不乐自困；

以实践求真知，故不以忙闲作辍；

以悟道求自觉，故不能岁月虚掷。

---

① 袁枚，字子才，自号随园主人，乾隆四年进士。与赵翼、蒋士铨合称为"乾嘉三大家"。主要著作有《小仓山房文集》《随园诗话》《随园食单》《子不语》等。

立身之骨

王阳明①《静心录》之七云：

繁华过眼三更促，

名利牵人一线长。

嚣尘入目经年扰，

嗜欲染身几日多。

人生入世，纷华袭扰，

必有立身之骨。

万象空花，纷至沓来；

心地守静，明其是非；

其凛然持敬之气，

可谓之骨气。

---

① 王阳明，名守仁，字伯安，别号阳明，明代思想家。谥号"文成"，后从祀于孔庙。他是明代心学的集大成者。有《王文成公全书》传世。

笃志者

吕坤《呻吟语》云：

面色不浮，眼光不乱，

便知胸中静定，非久养不能。

《礼》曰：'俨若思，安定辞。'

善形容，有道气象矣。

脚步不颠，目光不斜，

便知心中有数，即有志方行。

《礼记·孔子闲居》曰：

"志气塞乎天地。"

有志者，事竟成；

笃志者，事必成。

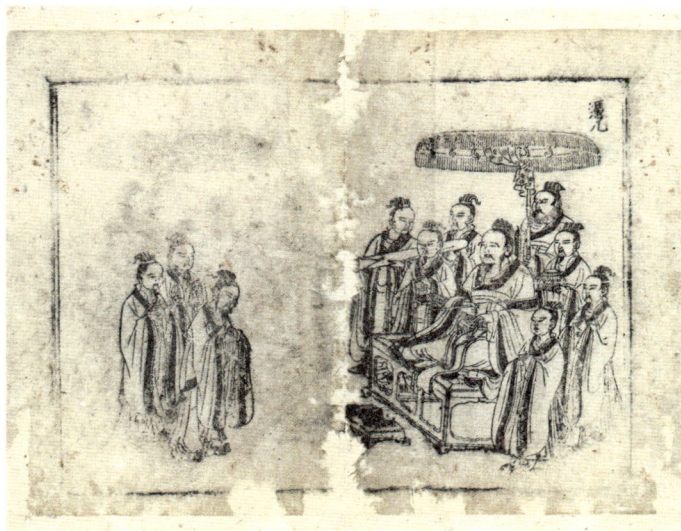

《孔氏祖庭广记》卷一版画 01

《孔氏祖庭广记》卷一版画 02

谨慎者

孙思邈《摄养枕中方》云：

慎于小者不惧于大，

戒于近者不悔于远。

精于少者不贪于多，

重于去者不轻于来。

"小不忍则乱大谋"，

失于近则误于远；

少不精则莫贪多，

轻于去则难望来。

贾思勰[①]《齐民要术》云：

"力能胜贫，谨能胜祸。"

慎能胜失，戒能胜误。

[①] 贾思勰，北魏时任高阳太守，中国古代杰出的农学家。著有综合性农书《齐民要术》，系统地总结了六世纪以前我国黄河中下游地区的农业科学技术知识。

齊民要術卷第一

後魏高陽太守賈思勰撰

耕田第一

收種第二

種穀第三

耕田第一

周書曰神農之時天雨粟神農遂耕而種之作陶冶斤斧爲耒耜鉏耨以墾草莽然後五穀興助百果藏實世本曰倕作耒耜倕神農之臣也

《齐民要术十卷杂说》卷一卷端

261

世道镜鉴

王阳明《传习录》云：

以事言谓之史，以道言谓之经；

事即道，道即事；

春秋亦经，五经亦史。

以人论谓之世，以心论谓之道；

人有心，心有道；

天下归心，初心明德。

以经论谓之镜，以史论谓之鉴；

经亦史，史亦经；

世道镜鉴，经史为则。

精进不息

吕坤《呻吟语》云：

易衰歇而难奋发者，我也；

易懒散而难振作者，众也；

易坏乱而难整饬者，事也；

易蛊敝而难久常者，物也。

此所以治日常少而乱日常多也。

故为政要鼓舞不倦，纲常张，纪常理。

易畏葸而难担当者，责也；

易趋附而难制约者，权也；

易虚荣而难沉潜者，名也；

易惑心而难窒欲者，利也。

此所以会做人少而乱做人多也。

故处世要精进不息，敢担当，善做人。

交友之道

叶鏐 [1]《散花庵丛语》云：

吾辈交友，

才好友才，品好友品，

意气好友意气，性情好友性情。

至于"知己"二字，甚未易言。

慎重交友，

亲好友德，清好友品，

锐气好友锐气，胸襟好友胸襟。

"直、谅、多闻"四字，时记此言。

张居正《陈六事疏》云：

"器必试而后知其利钝，

---

[1] 　叶鏐，字兰云，清代文人。

马必驾而后知其驽良。"

交友之道,

友必交而后知其清浊,

谊必结而后知其远近。

知下情

《后汉书·张衡列传》云：

亲履艰难者知下情，

备经险易者达物伪。

亲行风俗者知世味，

备尝五味者明真趣。

亲为繁任者知世尘，

备历祸患者明沉潜。

亲学经史者知世道，

备思民情者明人心。

涵　养

读之宜

吴从先《赏心乐事》云：

读史宜映雪，以莹玄鉴；

读子宜伴月，以寄远神……

读忠烈传，宜吹笙鼓瑟以扬芳。

读奸佞论，宜击剑捉酒以销愤。

读骚宜空山悲号，可以惊壑。

读赋宜纵水狂呼，可以旋风。

读诗词宜歌童按拍。

读神鬼杂录，宜烧烛破幽。

他则遇境既殊，标韵不一。

读经宜还山，以增远见。

读史宜临流，以畅胸襟。

读红楼梦，宜知贾史王薛以通透。

读西游记，宜观大闹天空以寄兴。

读聊斋宜孤灯暮雨，可遣忧怀。

读离骚宜江畔凭吊，可以求索。

读清言宜夺胎换骨。

读三国水浒，宜几度夕阳。

读宜天禄琳琅，抱宝怀珍。

離騷經第一　集註
楚辭卷第一　　　離騷一

離騷經第一

離騷經者屈原之所作也屈原名平與楚
同姓仕於懷王爲三閭大夫三閭之職掌
王族三姓曰昭屈景 戰國策楚有昭奚恤元和姓纂云楚武王子瑕食采於屈因氏焉屈重屈蕩屈建屈平並其後又云景差至漢皆微闕
中屈原序其譜屬率其賢良以厲國士入
則與王圖議政事決定嫌疑出則監察羣
下應對諸侯謀行職脩王甚珍之同列上

《楚辞集注八卷辩证》卷一卷端

读书七美

《论语·尧曰》云：

子张曰："何谓五美？"

子曰："君子惠而不费，劳而不怨，欲而不贪，泰而不骄，威而不猛"。

何谓读书七美？

夏云秋月，冬去春来，一美也；

经史子集，笑谈奇文，二美也；

佛典大藏，缘起性空，三美也；

儒道墨法，农兵名杂，四美也；

古今中外，贵在择书，五美也；

通古论今，粗细皆品，六美也；

知己读人，学思践悟，七美也。

孔子家語

新編孔子家語句解卷之一　並依王肅註義詳爲句解

相魯第一

孔子初仕爲中都宰，制爲養生送死之節，長幼異食，強弱異任，男女別塗，路無拾遺，器不雕僞，爲四寸之棺，五寸之槨，因丘陵爲墳，不封不樹。

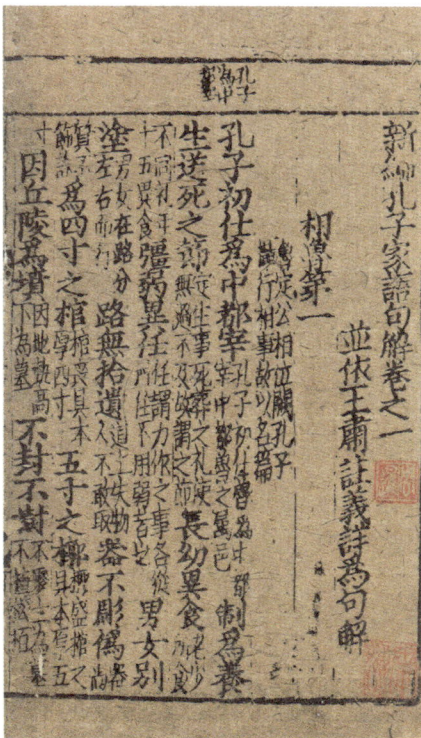

《新編孔子家語句解》卷一卷端

春夜谈史

费元禄《晁采馆清课》云：

春雨淋漓，寒声淅沥，

竹枝松盖之下，霏微雾寒，

入夜斋阁，孤灯一檠，瓦炉茶火，

命童子拭鼎燃生龙脑撤去帖，

括取东西汉魏晋南史校阅，

稍为商略，觉尔时爽清，越身世两忘。

春光澹荡，暖意袭人，

琴音书声之中，益增心怡。

入暮文斋，夜灯如画，泉泡新茶，

与友人畅聊"儒道墨法农名杂"，

兼及阴阳纵横、佛典文论，

顿觉气爽，谈古今世事，知今是昨非。

戰國策卷第一

東周　高誘注

秦興師臨周（續周顯王後語）而求九鼎周君患之以告顏率顏率曰大王勿憂臣請東借救（續力出切名也當如字或云後語注）

於齊顏率至齊謂齊王曰夫秦之為無道也（宣曰夫）欲興兵臨周而求九鼎周之君臣內自盡（劉作鐵增畫作盡）

計與秦不若歸之大國夫存危國美名也得九鼎厚寶也願大王圖之齊王大悅發師五萬人使陳臣思將以救周而秦兵罷齊將求九鼎周君又患之顏率曰大王勿憂臣請東解之顏率至齊謂齊王曰周賴大國之義得君臣父子相保也願獻九鼎不識大

刘向编订《战国策》卷一卷端

275

进退难易

陆绍珩《小窗幽记》云：

有面前之誉易，无背后之毁难；

有乍交之欢易，无久处之厌难。

有顺境之忧进，无逆境之悟退；

有寂寞之省进，无纷纭之警退；

有世网之破进，无红尘之清退；

有修己之德进，无识人之明退。

君子务本

林逋《省心录》云：
忠信廉洁，立身之本，
非钓名之具也。

敬诚谦慎，做人之本，
非浮名之炫也。
务实为民，做事之本，
非虚名之盗也。
学思践悟，做学之本，
非俗名之沽也。
《论语·学而》云：
"君子务本，本立而道生。"
做人踏实，做事务实，
做学扎实；
打牢根基，心实本固。

书好读

田艺衡《煮泉小品》云:

山厚者泉厚,山奇者泉奇,

山清者泉清,山幽者泉幽,皆佳品也。

不厚则薄,不奇则蠢,

不清则浊,不幽则喧,必无佳泉。

书厚者理奥,书薄者理玄,

书清者理雅,书幽者理邃,书好读也。

不奥则浅,不玄则散,

不雅则俗,不邃则浮,书难读也。

学者观书

张载《语录》云：

学者观书，每见每知新意，
则学进矣。

学者读史，每学每知镜鉴，
则学深矣。

思者读经，每思每知定见，
则学透矣。

践者读世，每践每知正路，
则学通矣。

悟者读心，每悟每知省己，
则学道矣。

徐干《中论》云：

"学也者，

所以疏神达思，怡情理性，
圣人之上务也。"
读书者，
所以学进于道，修身以德，
今人之要务也。

读书之乐

方薰^①《山静居画论》云：

作一画，墨之浓淡焦湿无不备，

笔之正反虚实、旁见侧出无不到，

却是随手拈来者，便是工夫到境。

读一书，文之酸甜苦辣无不备；

意之真伪是非、山河岁月无不至；

如是意在笔先者，

可谓大家创境。

苏辙^②《武昌九曲亭记》云：

"天下之乐无穷，而以适意为悦。"

读书之乐无穷，而以闻道为上。

---

① 方薰，字兰士，清代画家。诗、书、画并妙，写生尤工，与奚冈齐名，世称浙西两高士，称"方奚"。作品有《山静居诗稿》《山静居词稿》《题画诗》《山静居画论》等。

② 苏辙，字子由，晚号颍滨遗老，"唐宋八大家"之一，与父亲苏洵、兄长苏轼齐名，合称"三苏"。苏辙以散文著称，擅长政论和史论，有《栾城集》等。

四读之养

陆绍珩《小窗幽记》云：

烈士不馁，正气以饱其腹；

清士不寒，青史以暖其躬；

义士不死，天君以生其骸。

总之手悬胸中之日月，

以任世上之风波。

读经不倦，养气以坚其身；

读史不懈，养志以立其业；

读子不怠，养性以清其趣；

读集不惰，养心以畅其襟。

总之，常读经史子集，

可明世路之风云。

"三士之不"，可知做人；

"四部之不"，可养心性。

读书十乐

倪思[①]《齐斋十乐》云：

读理义书，学法帖字；

澄心静坐，益友清谈；

一酌半醺，浇花种竹；

听琴玩鹤，焚香煮茶；

泛舟观山，寓意弈棋。

虽有他乐，吾不易矣。

读圣贤书，览史生情；

孔、老、庄、列、申、韩、管、商；

学诸子论，思入风云；

践行大道，悟明世路；

心读万卷，躬身入局。

乐在其中，吾向往之。

---

① 倪思，字正甫，宋代学者。著有《齐山甲乙稿》《兼山集》《经锄堂杂志》等。

心境如水

《庄子·德充符》云：

人莫鉴于流水，而鉴于止水，

唯止能止众止。

止水无波，心境宁静。

学莫鉴于心宁，

思莫鉴于心静，

践莫鉴于心清，

悟莫鉴于心明。

许宗彦[1]《鉴止水斋集》云：

"读书人第一须此心光明正大，

澄清如止水，

---

① 许宗彦，字积卿，号周生。嘉庆年间进士，官至兵部车驾司主事。好藏书，著有《鉴止水斋集》。

无丝毫苟且不可对人处。"

读好书第一须知心胸罗万有,

时光如流水,

有大浪淘沙终为史鉴处。

智者之见

文天祥《去年至燕长句诗》云：

丈夫开口，即见胆。

文人走笔，即见气。

勇士亮剑，即见锋。

学子观书，即见己。

智者察势，即见谋。

刘昼《刘子》云：

"智者见利而思难，

暗者见利而忘患。"

学者见往而知今，

思者见微而知著，

践者见难而知克，

悟者见省而知心。

学《易》不易

郑玄《易赞》云：

"易"一名而含三义：

易简，一也；变易，二也；不易，三也。

太史公云："《易》长于变。"

《系辞上》云：

"化而裁之谓之变，推而行之谓之通。"

《系辞下》云：

"《易》穷则变，变则通，通则久。"

大化流衍，大道至简；

与时偕行，奉常处变。

一阴一阳谓之道，

一简一变谓之易。

《易》为众经之首，

《易》为学问之基。

读《易》要旨，

学《易》不易。

读书钩玄

韩愈《进学解》云：
记事者，必提其要。

读书者，必钩其玄；
读史者，必明其源；
读经者，必究其理；
读世者，必察其势；
读人者，必辨其行；
读己者，必观其心。
记事提要得其旨，
读书钩玄得其髓。

读书持敬

牟允中《庸行编·敬畏类》云：

人只是一个敬字好。

方无事时，敬于自持；

及应事时，敬于应事；

读书时，敬于读书，

自然该贯。

书只是一个读字妙。

工作忙时，读于偷闲；

处事急时，读于应对；

天下游时，读于山水；

阅历深时，读于岁月。

读书持敬。

书有七气

齐学培《见吾随笔》云：

山中有五趣：

鸟语花香，助幽隐趣；

松涛岩瀑，助豪壮趣；

磬声梵音，助清淡趣；

丹崖翠壁，助超远趣；

石泉水月，助雅洁趣。

书中有七气：

奇山秀水，助俊采气；

剑胆琴心，助豪侠气；

论孟学庸，助王道气；

经史子集，助渊博气；

红楼西厢，助情意气；

曲词歌赋，助性灵气；

字里行间，助修养气。

读书涉世

魏禧《日录里言》云：

人以涉世为涉世，

故委曲周旋，辄生厌苦。

不知涉世处即是自己作学问处，

如涉世要周详，学问中原不可疏略；

要谨慎，学问中原不可放肆；

要谦和，学问中原不可疏傲。

人以读书为读书，

故书山学海，孜孜以求。

须知读书处即是自己增阅历处，

如读书要钩玄，阅历中亦要究理；

要读己，阅历中亦要炼己；

要读人，阅历中亦要知人；

要读世，阅历中亦要入世。

读书即涉世，明人须细察。

读之心

陆绍珩《醉古堂剑扫·豪》云：

宇宙寥寥，求一豪者，安可得哉？

家徒四壁，一掷千金，豪之胆；

兴酣落笔，泼墨千言，豪之才；

我才必用，黄金复来，豪之识。

大千世界，觅真读者，不亦难乎？

学识纵横，思入风云，读之才；

践履曲折，悟其大道，读之识；

观世察己，人淡如菊，读之心。

读书天下

董斯张《朝玄阁杂语》云：

天下无不可为时，但袖手；

天下无一可为时，方出手；

圣贤作用，豪杰肝肠。

读书无所为时，进一步思；

读书有所为时，退一步想。

勤学笃志，善思广识，

践行大道，悟道真知；

司马光《答孔文仲司户书》云：

"学者贵于行之，而不贵于知之。"

读书天下，求真务实。

处学问

刘因之[①]《谰言琐记》云:

处学问,取上等人自厉,

则终身无有余之日;

处境遇,取下等人自况,

则随地无不足之时。

处友人,取多闻人自学,

则处众无庸懒之弊;

处修身,取克己人自思,

则平生无不省之误;

处事业,取勤奋人自践,

则人生无止步之困;

———————————

① 刘因之,号偶峰,清代诗人。

处读书，取明眼人自悟，
则识见无涩滞之碍。
人生处处皆学问，
读书时时省自心。

读书所立

江熙《扫轨闲谈》云：
人生事事如意，则不如意至矣。
故俗所谓将就过，余最善斯言。
人所艳慕处，独能淡之，
方是学问。

读书本本惬意，则不惬意忘矣。
故所谓自在过，今最喜此事。
书所纷华处，予能冷之，
方是立德。
书所萧寒处，予能热之，
方是立行。
书所挈领处，予能思之，
方是立心。
书所问道处，予能悟之，
方是立旨。

读书之言

陈继儒《安得长者言》云：

治国家有二言，曰：

忙时闲做，闲时忙做。

变气质有二言，曰：

生处渐熟，熟处渐生。

读好书有二言，曰：

薄书读厚，厚书读薄。

读经典有二言，曰：

疑入悟出，钩玄提要。

读史籍有二言，曰：

高屋建瓴，察势观心。

一观一读

吕坤《呻吟语》云：

观一叶而知树之死生，

观一面而知人之病否，

观一言而知识之是非，

观一事而知心之邪正。

读一经而知典之渊源，

读一史而知国之兴亡，

读一子而知学之争鸣，

读一集而知诗之比兴。

言行诗书

钱琦《钱公良测语》云：

有一言而伤天地之和，

一事而折终身之福者，

切须检点。

有一书而益世人之智，

一行而增众生之幸者，

切须弘扬。

有一诗而兴君子之雅，

一画而幽文士之境者，

切须淡逸。

书贵文眼

吴从先《小窗清纪》云：

读书贵有眼。

如《道德经》则"有无"二字是眼，

《楞严经》则"心目"二字是眼，

《心经》则"观照"二字是眼。

读书贵文眼。

《论语》以"仁"字为眼，

《孟子》以"义"字为眼，

《朱子》以"理"字为眼，

《传习录》以"心"字为眼。

文为经纬，眼为纲要；

万卷虽多，文眼而已。

日日读

吕坤《呻吟语》云：

日日行不怕千万里，

常常做不怕千万事。

日日读不怕千万书，

常常写不怕千万字。

时时思不怕千万变，

多多悟不怕千万难。

得书为足

傅山 ①《杂记》云：

得少为足，于学问为小器，于饮食为上智。

得书为足，于求学为藏器，于观世为启智。

得友为足，于事业为大器，于入世为明智。

得心为足，于良知为重器，于醒世为大智。

得道为足，于自觉为贵器，于喻世为恒智。

---

① 傅山，字青主，明清之际文人、医家。著有《霜红龛集》《傅青主女科》《傅青主男科》。

读天下之书

吕坤《呻吟语》云：

办天下大事，

要精详，要通变，要果断，要执持。

才松软怠驰，何异鼠头蛇尾？

除天下大奸，

要顾虑，要深沉，要突卒，要洁绝，

才张皇疏慢，是撄虎鬣龙鳞。

读天下之书，

要达观，要钩玄，要明澈，要沉潜。

必飞扬灵性，方练琴心剑胆。

除天下之弊，

要定力，要力践，要持恒，要自律。

必永在路上，方能伏虎降妖。

反听与反思

司马迁《史记·商君列传》云:
反听之谓聪,内视之谓明,
自胜之谓强。

反思之谓醒,内省之谓清,
自尊之谓明。
人有反听,耳聪目明,
少走弯路;
人有反思,镜鉴警醒,
不走歧路。

读书勤字诀

曾国藩《曾国藩家训》云：

读经有一耐字诀。

一句不通，不看下句，

今日不通，明日再读；

今年不精，明年再读；

此所谓耐也。

困时切莫间断，

熬过此关，便可少进。

再进再困，再熬再奋，

自有亨通精进之日。

读书有一勤字诀。

古人读书有"三余"：

"冬者岁之余，夜者日之余，阴雨者时之余。"

冬读岁之勤，夜读日之勤，阴雨读时之勤。

此可谓勤矣。

忙时不可中断，

秉持以勤，必有所获。

再忙再乱，再读再思，

必有力践悟道之时。

读书乐

陆绍珩《醉古堂剑扫》云：
石上藤萝，墙头薜荔，
小窗幽致绝胜深山，
加以明月清风，
物外之情尽堪闲适。

书中岁月，字里行间，
思入风云何论烦嚣，
加之金句纷披，
览书之情不亦快哉！
书剑恩仇，梦里江山，
古今之事都付笑谈，
更有侠骨衷肠，
读书之乐其乐无穷。

读书阅世

齐学培《见吾随笔》云：

论世知人，须要设身处地；

持躬接物，切莫举念瞒天。

读书阅世，须要察势观心；

躬身入局，切莫卸责玩世。

读史阅人，须要着眼大局；

正身诚意，切莫非人自是。

读典阅路，须要秉持初心；

立身修德，切莫烦苛轻躁。

书有七读

吕坤《呻吟语》云：

任有七难：

繁任要提纲挈领，宜综核之才；

重任要审谋独断，宜镇静之才；

急任要观变会通，宜明敏之才；

密任要藏机相可，宜周慎之才；

独任要担当执持，宜刚毅之才；

兼任要任贤取善，宜博大之才；

疑任要内明外朗，宜驾驭之才。

书有七读：

厚书要气象高旷，宜静心之读；

薄书要深思缜缄，宜精心之读；

新书要疑信相勘，宜明心之读；

古书要抱朴怀素，宜清心之读；

奇书要出人意表，宜赏心之读；

小书要以拙胜巧，宜安心之读；

大书要直觅本来，宜初心之读。

学古训

齐学培《见吾随笔》云：

顺口之物少吃，逆耳之言多听，

益我之友宜亲，损人之事莫做。

广识之书多读，雅意之画多赏，

圣音之琴多聆，精思之棋多弈，

妙灵之诗多吟，神韵之茶多品。

《尚书·说命下》云：

"学于古训乃有获。"

思于史实乃有鉴，

践于沧桑乃有道，

悟于心路乃有成。

读书多少

王安石《寄吴冲卿》云：

读书谓已多，抚事知不足。

书到用时方恨少，

学到行处则有益。

《说苑》云：

"人皆知以食愈饥，

莫知以学愈愚。"

学然后知不足，

读之后知医俗。

读书者

吴筠^①《玄纲论》云：

常人学道者千，而知道者一；

知道者千而志道者一；

志道者千而专精者一；

专精者千而勤久者一，

是以学者众而成者寡也。

今人读书者千，而知书者一；

知书者千而明书者一；

明书者千而精通者一；

精通者千而持恒者一，

是以读者众而智者少矣。

----

① 吴筠，字贞节，唐代著名道士。

今日读书

齐学培《见吾随笔》云：

一日所行之事，

现在者，宜着精神，不可苟且忽略；

事已过者，不留；

事未至者，不想。

得此法以应务，第一安闲，第一快乐。

今日所读之书，

过去者，宜为镜鉴，不可轻心忽视；

现在者，宜奋精神，不可慢心怠惰；

将来者，宜即前瞻，不可懒心不昧。

得此法以读书，

第一省心，第一开悟。

读书养气

彭汝让①《木几冗谈》云：

凡作文，须养得一块雄厚之气，

下笔拈来自成一篇好议论。

凡读经，须养得一股浩然之气，

行文经世自有一番好作为。

凡读史，须养得一股浑然之气，

观人察世自有一个好眼光。

凡读书，须养得一股澄然之气，

知己知世自有一种好心境。

---

① 彭汝让，字钦之，明万历元年副榜，为隆万诗社十八子之一，著有《木几冗谈》。

读书四难

吕坤《呻吟语》云：

进言有四难：

审人、审己、审事、审时。

一有未审，事必不济。

读书有四难：

读人、读己、读心、读时。

读人明得失，读己明进退，

读心明诚伪，读时明兴替。

有一未读，事必不明。

得书为富

傅山《杂记》云：

得少为足，

于学问为小器，于饮食为上智。

得书为富，

于人生为重器，于涤思为启智。

得友为宝，

于世路为贵器，于处事为明智。

得道为助，

于为政为大器，于践行为睿智。

得多为害，

于钱财为废器，于利欲为泯智。

读书文眼

近人郑逸梅《幽梦新影》云：

予处事不耐用心，或问予之心何在？

曰：在山之巅、水之涯、

寒云古木之间、烟柳斜阳之外，

以及杏花村里、桃叶渡头、燕子矶边、莺脰湖上。

君读书爱读文眼，或问书之文眼何在？

曰：在经之深、史之厚、

穷山距海之远、古道西风之旅，

鼋头渚中、采石矶边、桃花源里、未名湖畔。

学有浅深

刘勰《文心雕龙·体性二十七》云：

然才有庸俊，气有刚柔，

学有浅深，习有雅郑，

并情性所铄，陶染所凝，

是以笔区云谲，文苑波诡者矣。

然学有浅深，思有虚实，

践有远近，悟有愚慧，

如初心所向，意志所铸，

则任风云变幻，立身如山者矣。

读不尽者

彭汝让《木几冗谈》云：
造诣不尽者，天下之人品；
读不尽者，天下之书。

思考不尽者，天下之万象；
践不尽者，天下之路。
悟理不尽者，天下之大道；
学不尽者，天下之文。
天下人品，立德为先；
天下万象，审势为要；
天下之书，读过为友；
天下之文，阅过为知。

学合理义

陆绍珩《醉古堂剑扫》云：

行合道义，不卜自吉；

行悖道义，纵卜亦凶；

人当自卜，不必问卜。

学合理义，不校自正；

思合理义，不究自深；

践合理义，不勉自远；

悟合理义，不砥自觉。

行合道义，行稳致远；

学合理义，学用兼修。

夜灯读书

费元禄[①]《鼌采馆清课》云：

雪水烹茶，味极清冽，不受尘垢，

所谓当天半落银河水也。

偶忆入白水山房，得见世外佳景，

是时春雪稍霁，庭敞积素，行眠低地，

山白排云，水压平桥，水流半咽，

万树梅飞，幽香自媚，方啜茗破寒，消摇阁道，

即未能幽冷摄心，颇觉清凉入脾，足洗胸中柴棘。

夜灯读书，味极浓郁，不受尘扰，

所谓书中自有佳趣也。

追忆入似水流年，幸见人生风景，

---

① 费元禄，字学卿，万历年间文人，参加应试功名未第，故取别号"无学"。作品有《启秀录》《鼌采馆集》《历朝史乘补遗》《诗学别记》等。

是时春兰静芳，夏篁条畅，秋菊傲骨，冬梅逸韵；

聆琴清心，弈棋慧心，读书静心，品画养心。

如正值万籁俱寂，忽觉醍醐灌顶，

堪称人生快事。

读好书

朱熹《朱子读书法》云：

看文字，须大段着精彩看。

耸起精神，树起筋骨，不要困，

如有刀剑在后一般。

就一段中，须要透。

击其首则尾应，击其尾则首应，方始是。

读好书，须首尾贯通着看。

打点精神，收拾心情，不懈怠，

如有圣贤相助一般。

就背景中，须要明。

知其时则察其势，察其势则知其人，

知其人则明其己，明其己则悟其心，

读至此方是。

虚心切己

朱熹《朱子读书法》云：

读书须是虚心切己。

虚心，方能得圣贤意；

切己，则圣贤之言不为虚说。

修身须是正心克己。

正心，方能得真知意；

克己，则真知之言可为律己。

处世须是敬心慎己。

敬心，方能得真朋友；

慎己，则朋友之交可为知己。

人生故事

赵民献《萃古名言》云：

人生风中之烛、雨中之花、

岸侧之藤、石内之火、

电照之光、浮波之沤，

宜早寻个风月主人，用续此水云故事。

读书春中之风、夏中之云、

秋冬之象、经内之典、

史籍之鉴、诗词之韵，

可谓落个读书种子，用此写人生故事。

读书之法

朱熹《朱子读书法》云：

读书之法，有大本大原处，有大纲大目处，
又有逐事上理会处，又其次则解释文义。

读史之法，有大事大传处，有大争大战处，
又有风云之变幻处，再其次则本纪列传。

读诗之法，有大情大景处，有大意大境处，
又有平仄和押韵处，总言之诗言其志。

读书精

金缨《格言联璧》云：

接人要和中有介，处事要精中有果，

认理要正中有通。

读书要博中有精，读经要仁中有义，

读史要通又有透，读子要广中有识，

读集要景中有情。

读书博要取其精义，

读书精要取其切己。

读万卷

叶玉屏《六事箴言》云：
应万变，索万里，
惟沉静者能之。
是故水止则能照，
衡定则能称。

读万卷，行万里，
惟初心者为之。
是故心静则能学，
志立则能践。
做万事，见万人，
惟明心者识之。
是故心清则能思，
修身则能悟。

书之传

《韩非子·难三》云：

物之所谓难者，

必借人成势，而勿使侵害己。

书之所谓传者，

必借读成势，而须有益于己。

书之所谓立者，

必借言成鉴，而须有教于己。

书之所谓启者，

必借思成道，而须有悟于己。

学人读书

周亮工《赖古堂尺牍三选结邻集》云：

学人之读书，犹弱人之服药也。

元气渐复，乃见药力。

气质渐变，乃见书功。

行者之征履，如高台之积土也。

目标渐近，乃见积累。

涵养渐深，乃见阅历。

《左传·僖三三》云：

"居则具一日之积，行则备一夕之卫。"

学则具累日之功，践则具坚持之力。

读书五品

吕坤《呻吟语》云：

观人括以五品：

高、正、杂、庸、下。

独行奇识曰高品，贤智者流；

择中有执曰正品，圣贤者流；

有善有过曰杂品，劝惩可用；

无短无长曰庸品，无益世用；

邪伪二种曰下品，慎无用之。

读书概以五品：

绝、妙、佳、常、劣。

慧眼卓识曰绝品，大智者流；

逸响高韵曰妙品，修心者流；

剑胆琴心曰佳品，人生可具；

争长论短曰常品，世态可观；

败常乱俗曰劣品，弃之可也。

学习之要

陈继儒《岩栖幽事》云：

小儿辈，不可以世事分读书，

当令以读书通世事。

实践者，勿以世事去读书，

当以读书审世事。

求道者，勿以祛邪去读书，

当以读书明祛邪。

屠隆《娑罗馆清言》云：

"学道历千魔而莫退，遇辱坚百忍以自持。"

勇实践，坚求道，遂明心镜；

善读书，通世事，学习之要。

学有宗旨

黄宗羲①《明儒学案》云：

大凡学有宗旨，是其人之得力处，

亦是学者之入门处。

大凡思有基础，是其人之用心处，

亦是思者之下手处。

大凡践有导向，是其人之砥砺处，

亦是践者之立足处。

大凡悟有根本，是其人之省觉处，

亦是悟者之闻道处。

学有宗旨，思有基础，践有导向，悟有根本，

亦是人生之真谛处。

① 黄宗羲，字太冲，号梨洲老人。与顾炎武、王夫之并称"明末清初三大思想家"。著有《明儒学案》《宋元学案》《行朝录》《今水经》《大统历推法》《四明山志》等。

读书之务

吕坤《呻吟语》云：

"熟思审处"，此四字德业之首务；

"锐意极力"，此四字德业之要务；

"有渐无已"，此四字德业之成务；

"深忧过计"，此四字德业之终务。

审己知心，此四字读书之首务；

审此知彼，此四字读书之要务；

审时度势，此四字读书之成务；

审力而践，此四字读书之终务。

人生学问

江熙《扫轨闲谈》云：

人生事事如意，则不如意至矣。

故俗所谓将就过，余最善斯言。

人所艳慕处，独能淡之，

方是学问。

人生时时热闹，则不热闹至矣。

故所谓热板凳坐冷，真可谓嘉言。

人所趋炎处，独能冷之，

方是学问。

人生处处随心，则不随心至矣。

故所谓不逐流，诚可谓真言。

人所顺风处，独能避之，

方是学问。

读书之法

陈继儒《岩栖幽事》云：

黄山谷尝云："士大夫三日不读书，

自觉语言无味，对镜亦面目可憎。"

米元章亦云："一日不读书，便觉思涩。"

想古人未尝片时废书也。

朱熹曾言："读书有三到，

谓心到，眼到，口到。

……三到之中，心到最急。"

欧阳修亦云："作文有三处思量：

枕上，路上，厕上。"

读书三到，作文三思，

羡古人读书有法矣。

读书为学，

必须做积累工夫始得。

读书好处

袁枚《随园诗话》云：

读书好处心先觉，立雪深时道已传。

读书好处：

一为正心，

永葆初心，慎终如始；

二为修身，

克己立德，内修外用；

三为广识，

知心知彼，察时明势；

四为镜鉴，

以史为鉴，可明得失；

五为益友，

友直友谅，博学多闻；

六为处世，

世事洞明，冷静应对。

学海无涯志须立，

思云起时目应明。

心气平易

孟超然《焚香录》云：

万籁俱寂，枕上回思：

前此光阴俱从忙忙碌碌中过，

何曾向身心上整顿？

自愧自悼而已。

光风霁月，抚案暇思：

以往世路皆从脚步匆匆中过，

未曾用苦心来省察，

顺逆进退而已。

君子处嚣尘荆途，

践履要稳重，

心气要平易。

读书三秉

朱熹《朱子读书法》云：

大凡看文字，

少看熟读，一也；

不要钻研立说，但要反复体验，二也；

埋头理会，不要求效，三也。

三者，学者当守此。

大略读诸书，

精读入心，一也；

不要虚浮浅尝，但要虚心涵咏，二也；

切己体察，浃洽透彻，三也。

三者，读书当秉此。

读书应时

洪应明《菜根谭》云：

持身涉世，不可随境而迁。

须是大火流金而清风穆然，

严霜杀物而和气蔼然，

阴霾翳空而慧日朗然，

洪涛倒海而砥柱毅然，

方是宇宙内的真人品。

读书应时，不可随心而为。

须是笙歌腾沸而静心冷然，

世路崎岖而坚心锐然，

旋乾转坤而定心泰然，

事穷势蹙而明心巍然，

方是阅世中的真识见。

读书有疑

朱熹《朱子读书法》云：

读书遇难处，且须虚心搜讨意思。

有时有思绎底事，却去无思量处得。

读书遇疑处，应须潜心反覆玩味。

有时有灵光一现，却从无字处得。

读书要从不疑处有疑，

由疑转悟，方是真悟。

读书有疑，方有所见；

读书破疑，人生幸事。

人读世间书

《韩非子·观行篇》云：

目失镜，则无以正须眉；

身失道，则无以知迷惑。

学失本，则无以正心地；

思失道，则无以知真伪；

践失力，则无以匡斜路；

悟失鉴，则无以明誉毁。

陆九渊^①《语录》云：

"人生天地间，如何不植立？"

人读世间书，焉能不悟道？

---

① 陆九渊，字子静，南宋思想家，陆王心学代表人物。因书斋名"存"，世称存斋先生；又因讲学于象山书院，被称为"象山先生"，存有《象山先生全集》。

处世读书之道

陆绍珩《醉古堂剑扫》云：

先淡后浓，先疏后亲，

先远后近，交友道也。

先人后己，先诚后信，

先进后取，处世道也。

先学后思，先践后悟，

先粗后精，读书道也。

洪应明《菜根谭》云：

"居官有二语，曰惟公则生明，惟廉则生威；

居家有二语，曰惟恕则平情，唯俭则足用。"

处世有二语，曰惟诚则和众，惟信则自立。

读书有二语，曰惟学则弘思，惟践则开悟。

论学

程颢《二程遗书》云：

论学便要明理，论治便须识体。

论思便要明心，论践便须察效，

论悟便要索因，论人便须知底。

"非明则动无所之，非动则明无所用（程颢）。"

论学明理，知行合一；

论治识体，力践所知。

书有真知

梅鼎祚《于于楼会心编序》云：

人固要有识趣耳，夫有超人之识者，

必有适己之趣。

所谓适己者足乎内，无待乎外，

一有待，则以境为愉戚而移吾情，

以时为喧寂而革吾虑，

甚则随耳且之所接，而皆吾障，

极志意之所如，而非吾真。

书固要有真知矣，夫有卓见之智者，

必有察己之心。

所谓察己者在于心，不在于外，

一有得，则以识见高下而究其理，

以势为顺逆而明其心。

直至以实践之所应，均为吾行，

融真知于所履，方为吾道。

读书心得

王通《中说·魏相》云：
闻谤而怒者，谗之囮也；
见誉而喜者，佞之媒也。

读经而通者，悟之机也；
读史而明者，镜之鉴也；
读子而透者，识之路也；
读集而兴者，道之境也。
见闻之喜怒，不可轻启；
读书之心得，可资修养。

读会心书

谢肇淛 [1]《五杂俎》云：

读未曾见之书，历未曾到之山水，

如获至宝、尝异味，

一段奇快，难以语人也。

读会心之书，经不常见之际遇，

如遇故人、看宋椠，

一时之兴，真可存心也。

读大史之书，思多少代之兴亡，

如观风云、闻雷霆，

一刻震撼，实可追忆也。

---

① 谢肇淛，字在杭，号武林，明代学者，万历进士。所著《五杂俎》
是一部很有影响的博物学著作。

赏　　鉴

书有文骨

汤宾尹 [1]《睡庵稿文集》云：

凡为文者，必有文章之骨；

意象峻嶒，孤来脊往，

宁为一世人违其好恶，

而倔强磊块之气，

时时凸出于襟项间，

此谓文骨也。

凡读书者，必赏文章之骨；

意向峥嵘，驰思造化；

名山大水，危峦险壑，

烟岚雪霭，飞瀑奔流；

---

[1] 汤宾尹，字嘉宾，号睡庵，明万历二十三年榜眼，授翰林院编修，仕至南京国子祭酒，著有《睡庵文集》《宣城右集》《一左集》等。

愿做一行者穷搜奇峰，

而振袂勃兴之气，

处处活泼泼于胸襟中，

此谓风骨也。

书有文骨，奇文也；

人有风骨，志士也。

琴棋书画

颜真卿《争座位帖》云：
名画要如诗句读，
古琴兼作水声听。

弈棋恰似用兵策，
法书还要碑帖临。
画要意品，琴要神听，
棋要博弈，书要心读。
林逋《省心录》云：
"自满者败，自矜者愚，
自贼者害"。
自谦者胜，自知者智，
自胜者强。
知棋者聪，知琴者清，
知画者雅，知书者明。

书与画

戴熙《习苦斋题画》云：

密从画处求画，疏从无画处求画。

无画处须有画，所以难耳。

画在有笔墨处，画之妙在无笔墨处。

知从有书处求书，行从无书处求书。

无书处须有书，无字处须有字，

所以难矣。

书在有笔墨处，书之妙在无笔墨处，

学有字书易，学无字书难。

行歧路易，行正路难，

永在正路行尤难。

读山水

陆绍珩《小窗幽记》云：

观山水亦如读书，随其见趣高下。

禅宗有"三番山水"之论，

湘客有"读山水"之议。

立德如山之高，

立志如山之镇，

立业如山之稳，

立言如山之清。

吴门画派文征明对联云：

"爽借秋风明借月，

动观流水静观山。"

读山水，读出心中正气；

观山水，观出世上风云。

人生之意

郑逸梅《幽梦新影》云：

花多韵意，石多画意，月多洁意，云多澹意，

书多古意，剑多豪意，草多生意，

水多清意，鸟多慧意，琴多幽意。

棋多博意，诗多雅意，酒多胆意，茶多悠意。

经多正意，史多鉴意，子多精意，集多广意。

学多勤意，思多深意，践多实意，悟多道意。

人生之乐

费元禄《晁采馆清课》云：

聚书万卷，演以缥缃；

搜帖千轴，束以异锦。

琴一、笛一、剑戟、尊罍、名香、

古鼎、湘榻、素屏、茶具、墨品，

暇日啸咏其间，无俗客尘事之累，

当是震旦净土，人世册丘。

读书万卷，寄之浩渺；

往事千年，谈之兴叹。

笔、墨、纸、砚，

琴、棋、书、画、诗、酒、茶，

闲时留连其中，无烦嚣世网之扰，

实为平生所愿，人生之乐。

花之声

郑逸梅《幽梦新影》云：

春花妍冶，夏花腴润，

秋花凄幽，冬花清逸。

琴声悠扬，棋声省豁，

书声朗亮，画声幽邃；

诗声志远，酒声喧嚣，

茶声清寂，花声曼妙。

四季花之貌，

七雅声之妙。

品茶之乐

袁宏道①《觞政》云：

饮喜宜节，饮劳宜静，

饮倦宜诙，饮礼法宜潇洒，

饮乱宜绳约，饮新知宜闲雅真率，

饮杂揉客宜逡巡却退。

酒宜饮，茶宜品。

茶甘宜舌，茶清宜心，

茶活宜体，茶香宜静。

茶新宜旗枪，茶陈宜多泡成韵，

茶逢知己宜趁热轻啜。

品茶三乐：

独品得神，对品得趣，众品得慧。

---

① 袁宏道，字中郎，号石公，湖北省公安县人。万历年间进士，
主张性灵说。袁宏道与其兄袁宗道、弟袁中道并称"公安三袁"。

品茶之道

袁宏道《觞政》云：

饮喜宜节，饮劳宜静，饮倦宜诙，

饮礼法宜潇洒，饮乱宜绳约，

饮新知宜闲雅真率，

饮杂揉客宜逡巡却退。

品茶之道：

品韵宜雅，品趣宜精，品禅宜静，

品茶道宜清心，品味宜贵水，

品茶人宜和静清寂，

品世间法宜看透红尘。

饮酒打天下，品茶论古今。

一剑霜寒

刘克庄^①《答欧阳秘书书》云：

精义多先儒所未讲；

陈言无一字之相袭；

虽累数千言，而义理一脉；

首尾贯属，读之使人心满意足。

经典必前人所阐述，所言无陈词之相因；

虽积若干语，而言之有据、有理、有深意；

前后贯通，以事立论，以论立说，

读之深感一扫浊秽，一剑霜寒。

---

① 刘克庄，字潜夫，号后村，南宋豪放派词人，江湖诗派诗人。

琴棋书画之道

陈继儒《太平清话》云：

插花着瓶中，

令俯仰高下，斜正疏密，皆存意态，

得画家写生之趣，方佳。

挥弦于林中，

令游心太玄，余音袅袅，皆入雅韵，

得琴师忘机之昧，方绝。

攻守于盘中，

令弃子争先，势孤取和，皆含谋略，

得棋手取舍之策，方胜。

磨墨于砚中，

令笔走龙蛇，气象峥嵘，皆归平正，

得书家章法之道，方老。

笔墨纸砚

吴从先《小窗自纪》云：

彩笔缥缃，韵士纵横风景；

大刀阔斧，壮夫驰逞英雄。

翰墨挥洒，文人寄意天下；

笺纸画意，智者丹青雅趣；

端砚紫云，墨客知白守黑。

笔墨纸砚，文房四宝；

可寄意，可畅怀，可遣兴，

可绘风云，可行天下。

第一课

曾国藩《曾文正公家训》"日课四条"云：
一曰慎独则心安。二曰主敬则身强。
三曰求仁则人悦。四曰习劳则神钦。

读书四条：
一曰读经得心明，二曰读史得镜鉴，
三曰读子得清境，四曰读集得真趣。
"日课四条"首在"慎独"，
慎独为经世修心第一课。
"读书四条"首在"读经"，
"论孟学庸"为国之传统文化第一课。

有与无

倪允昌《光明藏》云：

座上有琴尊，燕来燕去皆朋友；

山中无历日，花开花落也春秋。

手中有书卷，千言万语皆笑谈；

心里无牵缠，千头万绪也欣然。

肩上有重担，千辛万苦似等闲；

眼前无纷烦，千山万水亦云烟。

书有真意

余绍祉^①《元邱素话》云：

晨窗看菊，枝头尽带清霜；

月地观梅，根底尚留残雪。

天余冷趣以悦幽人。

夜灯读书，红尘悠然入梦；

空谷嗅兰，清气宛然妙味；

山间听泉，涧底悄然生趣；

水云观峰，眼前豁然开朗。

书有真意以教吾辈，

景有佳处以乐世人。

---

① 余绍祉，字子畴。号疑庵居士，明代文人。著有《诗草》《赋草》《山居琐谈》等。

书之宜

郑逸梅《幽梦新影》云：

柳宜莺、宜蝉、宜烟、宜雾、

宜细雨、宜晓风、宜残月、

宜长堤、宜古道、宜红楼、宜小榭、

宜系青骢、宜维画舫。

书宜云、宜水、宜梦、宜幻、

宜空谷、宜香薰、宜夜灯、

宜断桥、宜劲马、宜西厢、宜敞轩、

宜独上高楼、宜蓦然回首。

杏花疏雨

李鼎^①《偶谭》云：

杏花疏雨，杨柳轻风，

兴到欣然独往；

村落浮烟，沙汀印月，

歌残倏尔言旋。

春江渔火，芳草修竹，

心系自然有情；

山鸟晴岚，芦荻临流，

意存悠然有思。

不为尘网所蔽，可称出世之士；

不为清流所囿，可取入世之志。

---

① 李鼎，字梅隐，号逸休，清末诗人，有《慎余堂剩稿》存世。

展一卷

李日华①《六研斋笔记三笔》云：
洁一室，横榻陈几其中，
炉香茗瓯，萧然不杂他物。
但独坐凝想，自然有清灵之气来集我身。
清灵之气集，则世界恶浊之气，
亦从此中渐渐消去。

展一卷，会神静观其中，
画意琴音，澄然不杂忧思。
遇夜雨敲窗，泠然有清醒之气来省我心。
清醒之气袭，则心中浑浊之气，
亦从此中悄悄散去。
洁室品茗熏香，可以清心；
展卷观画聆琴，可以省思。

① 李日华，字君实，浙江嘉兴人。明代学者。著有《六研斋笔记》《味水轩日记》等。

文之气

刘勰《文心雕龙·徵圣第二》云：
或简言以达旨，或博文以该情，
或明理以立体，或隐义以藏用。

或开篇以立意，或点睛以破题，
或发微以阐释，或余味以结句。
魏文帝《典论·论文》云：
"文以气为主。"
文有灵气则飞扬灵动，
文有才气则典雅卓烁，
文有骨气则风清骨峻。

平生四愿

吴从先《小窗自纪》云：

生平愿无恙者四：

一曰青山，一曰故人，

一曰藏书，一曰名卉。

青山无恙，

"我见青山多妩媚"。（辛弃疾）

故人无恙，

"故人才见便开眉"。（欧阳修）

藏书无恙，

"书卷多情似故人"。（于谦）

名卉无恙，

"奇花名卉弄春柔"。（宋高宗赵构）

书中道

司马穰苴^①《司马法·严位第四》云：

心中仁，行中义，

堪物智也，堪大勇也，

堪久信也。

诗中情，画中意，

可叹春也，可悲秋也，

可感怀也。

书中道，史中鉴，

可益智也，可立身也，

可修心也。

---

① 即田穰苴，春秋末期齐国军事家，田完的后代。

看文字

朱熹《朱子读书法》云：

看文字，须是如猛将用兵，直是鏖战一阵；

如酷吏治狱，直是推勘到底，

决是不恕他，方得。

读史书，须是如谋臣用策，来回推演一番；

又如书家落墨，着眼章法格局，

必须看到底，方懂。

读经典，须是如方家用心，反复推敲几遍；

又如老僧入定，可谓破妄祛迷，

直入三昧中，方明。

喜之宜

袁宏道《觞政》云：

凡醉有所宜，醉花宜昼，袭其光也。

醉雪宜夜，消其洁也。

醉得意宜唱，导其和也。

醉将离宜击钵，壮其神也。

醉文人宜谨节奏章程，畏其侮也。

醉俊人宜加觥盂旗帜，助其烈也。

醉楼宜署，资其清也。

醉水宜秋，泛其爽也。

凡喜有所宜，喜事宜度，顺其意也。

喜琴宜月，雅其音也。

喜棋宜弈，争其势也。

喜读书宜夜，静其心也。

喜观画宜青山，远其思也。

喜唐诗宜登楼凭栏，勃其兴也。

喜宋词宜观大江东去，骋其怀也。

喜酒宜喧，欢其友也。

喜茶宜静，清其韵也。

人生之意

吴从先《小窗自纪》云：

俊石贵有画意，

老树贵有禅意，

韵士贵有酒意。

青山贵有仙意，绿水贵有奇意，

荒村贵有古意，旅途贵有新意。

柳永《木兰花词》云：

"剪裁用尽春工意，浅蘸朝霞千万蕊。"

人生之意，意兴湍飞。

春之花意，夏之雨意，

秋之果意，冬之寒意。

人生百态，意在其中。

诗之清赏

吴从先《小窗自纪》云：

读书霞漪阁上，月之清享有六：

溪云初起，山雨欲来，

鸦影带帆，渔灯照岸，

江飞匹练，村结千茅。

远境不可象描，适意常如披画。

读书云水斋中，诗之清赏有六：

弄月嘲风，兴酣落笔，

临流晓坐，神骨俱清，

十年两句，顷刻千言。

心境难以描摹，情景交融如画。

论品茗

吴从先《小窗自纪》云：

论啜茗，则今人较胜昔人，

不作凤饼、龙团，损自然之清味；

至于饮，则今人大非夙昔，

不解酒趣，但逐羽觞。

吾思古人，实获我心。

论品茗，则众品略胜独品，

轻啜绿红黑白黄，品天然之神韵；

至于乌龙，则冻顶、铁观音、凤凰单枞及岩茶，

五大名枞，争奇斗艳，

清香甘活，直沁人心。

人生之乐

吴从先《小窗清纪》云：

惟读书有利而无害，

惟爱溪山有利而无害，

惟玩风月花竹有利而无害，

惟端坐静默有利而无害；

是谓至乐。

惟读史有鉴而无虞，

惟喜登山有兴而无累，

惟观丹青画卷有情而无惑，

惟持静守拙有诚而无妄；

此为人生之乐。

书必择

张履祥[①]云：

书必择而读，

人必择而交，

言必择而听。

琴必择而聆，棋必择而弈，

画必择而赏，诗必择而吟，

酒必择而饮，茶必择而品。

琴棋书画诗酒茶，

人有其择充其暇。

---

① 张履祥，字考夫，号念芝，明末清初著名理学家。著有《读易笔记》
《愿学记》《近古录》等。

人生之多

吴从先《小窗自纪》云：

读书可以医俗，作诗可以遣怀。

有多读书而莽然，多作诗而戚然者，

将致疑于诗书，抑致疑于人。

聆琴可以雅韵，弈棋可以治愚，

赏画可以远神，饮酒可以壮行，

艺花可以祛躁，品茶可以涤襟。

多聆琴而澄然，多弈棋而毅然，

多读书而黯然，多赏画而悠然，

多作诗而欣然，多饮酒而浩然，

多艺花而妙然，多品茶而禅然。

赏者之要

陆绍珩《小窗幽记》云：

绘雪者，不能绘其清；

绘月者，不能绘其明；

绘花者，不能绘其香；

绘风者，不能绘其声；

绘人者，不能绘其情。

赏梅者，可以赏其骨；

赏兰者，可以赏其态；

赏竹者，可以赏其节；

赏菊者，可以赏其韵。

赏山者，可以赏其空；

赏水者，可以赏其逝；

赏画者，可以赏其情；

赏诗者，可以赏其志。

春夏秋冬之景

吴从先《小窗自纪》云：

看晓山，则青葱而玲珑，山如树也；

看晚树，则盘郁而溟蒙，树如山也。

景致在疑似之间，最为着趣。

看秋山，则点染而斑澜，山如花也；

看春花，则浓郁而空幻，花如山也。

风景在变幻之中，最有味道。

看夏夜，则熏风而送爽，夜如水也；

看冬水，则悠缓而入静，水如夜也；

夜色在静寂之时，最引暇思。

人生之意

朱锡绶《幽梦续影》云：

空山瀑走，绝壑松鸣，是有琴意；

危楼雁度，孤艇风来，是有笛意；

幽涧花落，疏林鸟坠，是有筑意；

书帘波漾，平台月横，是有箫意；

清溪絮扑，丛竹雪洒，是有筝意；

芭蕉雨粗，莲花漏续，是有鼓意；

碧瓯茶沸，绿沼鱼行，是有阮意；

玉虫妥烛，金莺坐枝，是有歌意。

曲径进退，临流争锋，是有棋意；

山重水复，柳暗花明，是有书意；

江天寂寥，鸟鸣谷幽，是有画意；

芭蕉雨声，秋风书灯，是有诗意；

长亭送别，剑胆琴心，是有酒意；

彩笔缥缃，疏影横斜，是有花意；

水沸心静，瀹茗思客，是有茶意；

沉檀龙麝，兰薰凝佩，是有香意。

万里行旅

陆绍珩《小窗幽记》云：
万里澄空，千峰开霁，
山色如黛，风气如秋，
浓阴如幕，烟光如缕。
笛响如鹤唳，经呗如咿唔，
温言如春絮，冷语如寒冰，
此景不应虚掷。

万里行旅，一舫尽兴，
明月如霜，翠幕如烟，
雾花如幻，幽径如禅。
松涛如浪卷，钟鸣如棒喝，
征途如苦炼，前程如砥石，
此行可入心境。

为之心

朱锡绶《幽梦续影》云：

为雪朱阑，为花粉墙，

为鸟疏枝，为鱼广池，

为素心开三径。

为琴集雅，为棋论剑，

为书薰香，为画吟诗，

为清心通幽径。

为经怀仁，为史取鉴，

为子谈禅，为集问道，

为明心辟蹊径。

春夏秋冬

吴与弼《康斋日录》云：

淡如秋水贫中味，

和似春风静后功。

艳似冬梅色如火，

韵如夏山颜似菊。

陆绍珩辑纂《小窗幽记》云：

"山馆秋深，野鹤唳残清夜月；

江园春暮，杜鹃啼断落花风。"

清斋冬色，晚灯读尽松声雪；

篱边夏泉，举觞饮出江海心。

镜花水月

吴从先《小窗自纪》云：

镜花水月，若使慧眼看透；

剑光笔彩，肯教壮志消磨。

渊深海阔，但使明眼看穿；

狂涛滂渤，宜以担当闯过。

纷华尘嚣，但使冷眼看清；

木落霜飞，宜以正心祛迷。

见识既深，方知天下有真意。

践行得力，自然立足有格局。

诗画论

陈继儒

《岩栖幽事》云：

以蹊径之奇怪论，

则画不如山水；

以笔墨之精妙论，

则山水决不如画。

以山河之奇幻论，

则诗不如风景；

以情景之交融论，

则风景决不如诗。

履蹊径以探幽；

用笔墨以抒怀；

观山河以壮志；

赏风景以清心。

"诗中有画，画中有诗"，

可谓人生妙境。

人生如茶

《琼琚佩语》载樵谈言：
闻君子议论，如啜苦茗，
森严之后甘芳溢颊；
闻小人谄笑，如嚼糖冰，
爽美之后寒沍凝腹。

读古人经典，如品单枞，
香气馥郁，舌底生津；
锐则浓长，清则幽远。
读明人清言，如品龙井，
酌茶到杯，趁热轻啜；
旗枪起落，吐纳悠远。
读李杜诗篇，如品普洱，
茶韵绵长，味淳回甘；
人生如茶，终归淡远。

茶有书趣

陈继儒《岩栖幽事》云：

品茶一人得神，

二人得趣，三人得味，

七八人是名施茶。

品书一人为智，二人为益，

三人为师，五六人是名多闻。

茶有书趣，《茶经》为尊。

书有茶趣，书茶一味。

"采茶欲精，藏茶欲燥，

烹茶欲洁。"（陈继儒）

读书取精，赏书取气，

学书取神。

七雅可增一

陆绍珩《小窗幽记》云：

性不可纵，怒不可留，

语不可激，饮不可过。

琴不可躁，棋不可昏，

书不可乱，画不可晦，

诗不可涩，酒不可醉，

茶不可浊，花不可败。

七雅可增一，花亦能入围；

琴棋书画诗酒茶，

四季无花难称雅。

看雪景

袁宏道《袁中郎全集》云：

借山水之奇观，发耳目之昏聩；

假河海之渺论，驱肠胃之尘土。

看雪景之妙境，畅胸襟之块垒；

步幽径之萦廻，化脑海之俗曲；

知江湖之迁流，解手足之牵缠；

观风云之灵动，生会心之快意。

人生雅趣

张潮[①]《幽梦影》云：

笋为蔬中尤物，荔枝为果中尤物，

蟹为水族中尤物，酒为饮食中尤物，

月为天文中尤物，西湖为山水中尤物，

词曲为文字中尤物。

琴为乐中雅趣，书画为文中雅趣，

棋为博弈中雅趣，诗为言志中雅趣，

茶为禅味中雅趣，花为四季中雅趣，

读书为人生中雅趣。

[①]　张潮，字山来，号心斋居士，清初著名文学家，累试不第，不仕，编有《虞初新志》。

可惜事

史震林^①《西青散记》云：

一生有可惜事：

幼无名师，长无良友，

壮无实事，老无令名。

七雅有可惜事：

琴无知音，棋无对手，

书无宋刻，画无寄情，

诗无言志，酒无杜康，

茶无禅味。

一生不可惜在于奋斗，

七雅不可惜在于品味。

———————————

①　史震林，字公度，号梧冈，清乾隆年间进士，曾任淮安府学教授，后辞官归田。著有《西青散记》。

人生之味

王佐《敬胜堂杂语》云：

茶味愈久而愈苦，

蔗味愈老而愈甘，

人心愈炼而愈透。

书味愈真而愈深，禅味愈悟而愈简，

诗味愈浓而愈融，酒味愈老而愈淳，

人生愈砥而愈奋。

刘禹锡《砥石赋》云：

"石以砥焉，化钝为利；

法以砥焉，化愚为智。"

心以砥焉，化庸为明；

人以砥焉，化浊为清。

书酒棋茗

洪应明《菜根谭》云：

闲烹山茗听瓶声，炉内识阴阳之理；

漫履楸枰观局戏，手中悟生杀之机。

夜灯读书思古今，卷里观风云际会；

壮行举觞何畏难，心中涌浩然之气。

刘过^①《呈陈总领》云：

"物情大忌不量力，立志亦复嘉专精。"

格局大忌不落地，正气亦需率先立。

---

① 刘过，字改之，号龙洲道人。四次应举不中，布衣终身。与刘克庄、刘辰翁享有"辛派三刘"之誉。有《龙洲集》《龙洲词》《龙洲道人诗集》。

图书在版编目（CIP）数据

三平斋践悟录 / 九思著. — 北京 ：北京出版社，
2021.3

ISBN 978-7-200-16044-4

Ⅰ. ①三… Ⅱ. ①九… Ⅲ. ①散文集—中国—当代
Ⅳ. ① I267

中国版本图书馆 CIP 数据核字（2020）第 226366 号

总 策 划：安　东　　　责任编辑：高立志　陈霄元
装帧设计：白　雪　　　责任印制：陈冬梅

三平斋践悟录
SANPING ZHAI JIAN WU LU
九思　著

出　　　版　北京出版集团
　　　　　　北 京 出 版 社
地　　　址　北京北三环中路 6 号
邮　　　编　100120
网　　　址　www.bph.com.cn
总 发 行　北京出版集团
印　　　刷　北京华联印刷有限公司
经　　　销　新华书店
开　　　本　880 毫米 ×1230 毫米　1/32
印　　　张　13.125
字　　　数　90 千字
版　　　次　2021 年 3 月第 1 版
印　　　次　2021 年 3 月第 1 次印刷
书　　　号　ISBN 978-7-200-16044-4
定　　　价　98.00 元

如有印装质量问题，由本社负责调换
质量监督电话　010-58572393